Klarant Verlag

AF222830

Rita Roth liebt Ostfriesland und besonders die Insel Norderney, die sie immer wieder zum Schauplatz ihrer Romane und Krimis macht. Als bekennende Muschelsammlerin kann die Autorin stundenlang am Nordseestrand entlanglaufen – bei einer steifen Brise allerdings sitzt sie lieber in einem Café und schreibt, anstatt sich ordentlich durchpusten zu lassen. Und so entstehen ihre spannenden Geschichten, inspiriert vom stürmischen Rauschen der See und von den Menschen, denen Rita Roth begegnet.

Rita Roth

Inselsünde

Ostfrieslandkrimi

Klarant Verlag

Kapitel 1

Onno Fokken sah aus, als würde er jeden Moment explodieren. In seiner Küche tanzten drei Männer nach der Pfeife einer Frau und keiner von ihnen wagte es, sich dagegen aufzulehnen. *Gretje macht das schon*, hatten sie gedacht, doch damit lagen sie bei der alten Dame völlig daneben. Gretje Blom machte grundsätzlich das, was sie wollte.

»Piet, das mit der Torte, das ist deine Aufgabe!«, kommandierte Gretje Blom. Piet nickte ergeben. Beim Anblick der Friesentorte, die sie am Morgen gebacken hatte, lief ihm das Wasser im Munde zusammen. Diese Aufgabe übernahm er gern.

»Und nun zu dir, Onno!« Die kleine Frau stemmte die Hände in die Hüften und baute sich vor dem stattlichen Kerl auf. »Wie du damals das goldene Teediplom eingeheimst hast, das weiß ich noch ganz genau. Eigentlich sollte mein Freddy das ja bekommen. Aber du bist ja schon immer ein Schlitzohr gewesen und hast geschummelt. Das mit dem Tee, das machst du heute. Dann kannst du mal zeigen, was du gelernt hast, und meine Gäste in die Bräuche der ostfriesischen Teezeremonie einweihen. Das hast du nun davon!«

»Hmm«, brummelte er, legte die Inselzeitung zusammen, blieb an einer fetten Schlagzeile und einem Foto hängen und schlug sie wieder auf. »Ich angle mir einen Millionär!«, las er vor. »Britt Meinders, Mitte fünfzig, sucht ihr Glück auf Norderney und ist seit drei Monaten spurlos verschollen.«

»Das wundert mich nun rein gar nicht, wenn hier jemand nicht wieder weg will. Das kann mir auch noch passieren«, sagte Gretje. »Los, Onno, leg die Zeitung weg und komm in die Hufe.«

»Hmm«, brummelte er noch einmal, las aber in aller Seelenruhe weiter.

Gretje blickte zwischen dem ollen Seebär mit der auffälligen Tätowierung auf dem Bizeps und ihrem Kumpel Piet hin und her. Dann baute sie sich vor dem Jüngsten in der Runde auf, der lässig am Küchenschrank lehnte und das Geschehen beobachtete.

»Und du, mien Jung«, sagte sie und schenkte Leon ein verschmitztes Lächeln, »du bist ja das Küken in diesem Haus. Du bist noch am flottesten auf den Beinen und machst die Tür auf, wenn es klingelt! Alles klar?«

»Jau, Gretje!«, riefen alle drei wie aus einem Munde. Die Männer warfen sich amüsierte Blicke zu und scherzten über ihre forsche Art, die Dinge anzupacken. Im Eifer des Gefechts bekam Gretje davon allerdings nichts mit.

»Wen hast du denn alles eingeladen?«, grummelte Onno. Er schob seine blaue Mütze auf dem runden Kopf weiter nach hinten und überlegte, ob er genug Tassen und Teller von seinem Teeservice mit der Rose im Schrank hatte.

»Na, wen wohl? Meine Freunde natürlich! Mit wem soll ich denn sonst meinen Einstand hier auf Norderney feiern?«

»Alle wichtigen Personen sind doch schon an Bord«, meinte Piet und verdrehte die Augen. »Wir sind vollzählig!«

»Nee!«, widersprach Gretje. »Ida und Julie sind noch nicht da. Ohne die Mädels läuft ja wohl man gar nix. Ida bringt mir schließlich meine *Fittamine* mit, damit ich noch ein paar Jährchen länger auf diesem Planeten meinen Spaß haben kann.«

»Na, wenn das so ist«, sagte Piet trocken und fuhr sich mit der Hand durch sein volles graues Haar.

Gretje nickte Leon zu, es hatte geklingelt. Sofort sprang er auf und öffnete die Tür.

»He!«, grüßte Julie. »Bin ich etwa die Erste?«

»He, junge Frau! Wo hast du deinen Sven gelassen?«, empfing Leon sie ebenfalls mit dem knappen Gruß der Insulaner und einer herzlichen Umarmung.

»Mein Chatzchen kommt später vorbei. Sven muss noch ein wichtiges Telefonat mit seinem Chef führen. Wir sollen ihm auf alle Fälle ein Stück von der Friesentorte übrig lassen«, erklärte Julie und drückte das Album mit ihren Hochzeitsfotos an die Brust.

Leon grinste, als er hörte, dass sie immer noch *Chatzchen* zu ihrem Sven sagte. Er wusste um die ungewöhnliche Schreibweise und deren Ursprung. Immerhin hatte er Julie auf die Idee mit der Chatzchensuche im Internet gebracht. Sonst hätte sie ihren Sven niemals kennengelernt.

»Und was ist mit Ida?«, erkundigte sie sich nach Leons Freundin.

»Die kommt etwas später. Sie ist noch im Laden.«

»Was ist denn das da schon wieder für ein Gepländel im Flur? Bist du schon wieder am Flirten, Leon?«, meldete Gretje sich aus der Küche.

»Keine Angst, Chefin!«, antwortete er. »Flirten tu ich doch nur mit dir, mein olles Mädchen.« Er legte seinen Arm um Gretje, schenkte ihr einen tiefen Blick und sein hinreißendes Verführerlächeln.

»Junge, Junge, Junge! Du kannst das aber auch nicht lassen.« Gretje schüttelte den Kopf und strahlte Leon an wie ein verliebter Teenager. »Verdammt heißes Eisen!«, murmelte sie. Aus ihrem Mund klang das wie eine Auszeichnung, wenn sie einen Mann so nannte.

»Moin Gretje!«, begrüßte Julie sie und drückte ihr ein Küsschen auf die Wange.

»Moin, mein Mädchen.« Gretje wischte das Küsschen mit dem Handrücken ab. »Nun man nicht so stürmisch. Das mit dem Geknutsche, das mach man lieber mit deinem Sven! Was ist denn hier mit mal los? Das ganze Geschmuse bin ich doch gar nicht mehr gewohnt!«, sagte sie und lächelte die Männer kokett an.

Ein mitleidiges, bedauerndes »Ooch!« kam als einziger Kommentar.

»Da braucht wohl jemand ein paar Knuddeleinheiten«, stellte Leon fest, nahm die betagte Ostfriesin wieder in den Arm und widmete sich seiner Lieblingsbeschäftigung. Gretje seufzte und lehnte sich bei ihm an, mit einem verschmitzten Lächeln erwiderte sie seinen Blick.

Der schmusige Moment währte jedoch nicht allzu lange, wieder schellte es an der Tür. Leon strich Gretje über die Wange, hauchte ein Küsschen darauf und versprach, da weiterzumachen, wo er aufgehört hatte.

»Nun mach man lieber die Tür auf, du oller Schlawiner!« Gretje zeigte in den Flur, dann wies sie mit einem Kopfnicken Piet und Onno an, ihren Aufgaben nachzukommen.

Auf der Terrasse war alles vorbereitet. Onno hatte sein Sonntagsgeschirr, das Teeservice mit der Friesenrose, hervorgeholt und mitten auf dem hübsch gedeckten Tisch stand eine verführerische Torte, aus der süßes, braunrotes Pflaumenmus zwischen fluffiger Sahne hervorquoll.

»Oh, eine Friesentorte! Hast du die extra für mich gebacken?«, scherzte Julie und erwartete die übliche Antwort. Mittlerweile hatte sich dieses Frage-und-Antwort-Spiel zu einem Running Gag entwickelt.

»Nun bild dir man nix ein! Das ist nicht extra für dich, mein Mädchen. Das gehört zu meinem Deal mit Onno, damit ich für umsonst bei ihm wohnen bleiben darf.«

»Ach, so ist das. Du musst nicht nur täglich für ihn kochen, sondern ihn auch noch mit Kuchen verwöhnen! Gibt's da vielleicht noch andere Bedingungen, von denen ich nichts weiß?«, fragte Julie und grinste sich einen. Sie traute Onno Fokken noch allerhand zu. Man sagte ihm nach, dass er in seinen besten Jahren auch so etwas wie ein *heißes Eisen* gewesen sein musste. Wenn man ihn auf die Rote Lola ansprach, die für alle Ewigkeiten als Tattoo seinen Oberarm schmückte, dann trat in seine Augen immer noch ein eigentümlicher Glanz, der ihn mindestens zehn Jahre jünger aussehen ließ.

Man munkelte, dass Lola ihm nach Strich und Faden den Kopf verdreht habe und eines Tages mit seinen Ersparnissen verschwunden sei. Onno hatte kein Vertrauen in die Bank gehabt und fühlte sich besser damit, sein Vermögen zu Hause zu verwahren und es jederzeit in die Hand nehmen zu können. Nach diesem Vorfall änderte er allerdings seine Meinung und zählte mittlerweile zu den angesehenen Kunden des örtlichen Geldinstituts.

»Nee, Mädchen, nun geht deine Fantasie aber mit dir durch!«, entrüstete sich Gretje. »Onno? Was für ein Quatsch! Das war der beste Kumpel von mein Freddy!« Verstohlen sah sie zu Piet hinüber, der sich mit dem Messer der Torte näherte.

Onno als Hausherr beanspruchte das Kopfende des Tisches für sich und räusperte sich vernehmlich. Am anderen saß Gretje und schaute ungeduldig zur Tür. Sie hatte Ida gehört, die im Flur aufgeregt mit ihrem Freund Leon am Schnabbeln war.

»He! Und moin zusammen!«, rief Ida. »Seht mal, was ich hier habe!« Langsam öffnete sie ihre Hand. Ein Autoschlüssel mit dem Symbol einer Wildkatze kam darin zum Vorschein.

»Na, was sagt ihr dazu?«

Gretje sah nicht sonderlich beeindruckt aus. »Und wo sind meine *Fittamine*?«, fragte sie und meinte den versprochenen Sanddornlikör. Dank Piets Vortrag über die wertvollen Inhaltsstoffe des Sanddorns betrachtete sie das Getränk als Medizin. Der enorme Vitamin-C-Gehalt der orangeroten Beeren sollte Gretje vor Infekten und sonstigem Übel bewahren. Sie war felsenfest davon überzeugt, mit jedem Gläschen etwas für die Gesundheit zu tun.

»Nun mal nicht so ungeduldig! Den hab ich schon nicht vergessen. Hier!« Leicht pikiert stellte Ida ihr die Flasche vor die Nase. Gretjes Konsum an *Fittaminen* konnte sie nicht mehr gutheißen. Er nahm ihrer Meinung nach beängstigende Formen an. Mit Leon hatte sie sich darüber unterhalten und ihm das Versprechen abgenommen, Gretje im Auge zu behalten und auf sie aufzupassen. Soweit das überhaupt möglich war.

»Onno! Nun mach mal hinne mit dem Tee!«, kommandierte Gretje.

Mit feierlichem Gesichtsausdruck reichte er die Zuckerdose mit den Kluntjes herum. Er brummelte zufrieden etwas, schenkte Tee ein und stellte die Kanne zurück auf das Stövchen. Mit dem Sahnelöffel schöpfte er weiße Wolken in jede Tasse und erklärte, dass man den Sahnewölkchen zusehen müsse, wie sie ihre Form verändern.

Leon trommelte schon ungeduldig mit den Fingern auf die Tischplatte. Mit der anderen Hand griff er zum Löffel. Traute er sich wirklich, sämtliche Regeln der Teezeremonie zu brechen, und wagte es umzurühren?

»Wenn du das jetzt tust, dann bist du die längste Zeit mein Untermieter gewesen!«, polterte Onno mit einer Miene, die keinen Zweifel daran ließ, dass er es ernst meinte.

Leon fiel das Besteck aus der Hand, direkt in die Tasse. Das Sahnewölkchen breitete sich aus, als braute sich ein Unwetter in der Friesenrose zusammen.

Kapitel 2

»Denn man los!« Gretje klatschte in die Hände. Piet verstand ihr Signal sofort, versorgte die Gäste mit Friesentorte und stellte den Sanddornlikör kalt.

Ida rutschte unruhig auf ihrem Stuhl hin und her, dann erhob sie sich, klopfte gegen ihre Tasse und räusperte sich. Als Piet sie vorwurfsvoll anstupste und auf Gretje zeigte, setzte sie sich murrend wieder hin.

»Nee, Ida, du bist noch nicht dran. Das geht hier nämlich nach dem Prinzip: Alter vor Schönheit!«

Gretje hievte sich von ihrem Platz hoch, verweilte mit den Augen für ein paar Sekunden bei jedem ihrer Gäste und begann mit feierlicher Stimme zu sprechen.

»Kinners, was bin ich froh, dass ich euch alle kennengelernt hab. Das hätte ich mir nie nicht träumen lassen. Und dass du, mein oller Brummbär, dass du mich hier einquartiert hast, das ist 'ne Wucht.« Sie zeigte mit dem Finger auf Onno. »Dass ich auf meine ollen Tage mal in einer WG wohnen tu, das ...« Gretje hob ihr Glas und atmete pfeifend aus. »Also, ich will nicht lang schnacken. Was soll ich sagen, das ist so der Wahnsinn, dass ich jetzt gleich drei Männer für mich hab. Und das hier, das ist mein Einstand. Prost!«

»Nun übertreib mal nicht so«, sagte Leon. »Das mit den drei Männern ist ja schön und gut, aber mich kannst du nicht für dich haben, meine liebe Gretje. Da hat Ida auch ein Wörtchen mitzureden.«

***

Ida zwinkerte Leon dankbar zu. Sie startete einen zweiten Anlauf, hielt den Schlüssel in die Höhe und sprudelte endlich los.

»Habt ihr das hier gesehen?« Sie tippte auf das silberne Raubkatzenemblem. »Das ist ein Autoschlüssel von einer Luxuslimousine! Von einem Jaguar!«

»Hast du im Lotto gewonnen?«, fragte Piet und lud sich ein zweites Stück Torte auf den Teller.

»Quatsch! Ich spiele überhaupt kein Lotto. Ich habe den Schlüssel heute Morgen gefunden. Als ich joggen war. An einer Bank vor der Milchbar wollte ich meinen Schnürsenkel neu binden. Und dann sehe ich da, im Sand versteckt, etwas Dunkles liegen.«

»Ach du Schreck! Heute Morgen schon?« Leon riss die Augen auf. »Ich wäre voll in Panik! Wieso hast du den noch nirgends abgegeben?« Er drehte das edle Stück zwischen seinen Fingern. »Steht mir auch gut, nicht wahr? Vielleicht sollte ich mich auf die Suche nach dem Auto machen und eine Runde mit dem Flitzer über die Insel drehen?«

»Leon!!!«

»Was denn? Man wird sich ja wohl noch mal einen Scherz erlauben dürfen?«

»Was glaubst du denn wohl, wieso ich den nirgends abgegeben habe? Du bist ja lustig! Ob um die Zeit wohl noch alles geschlossen war? Und das Fundbüro ist sonntags nicht besetzt. Ich hab ihn einfach eingesteckt und bin zur Arbeit gegangen. Und dann habe ich nicht mehr dran gedacht. Was sollen wir denn jetzt tun?« Ida nahm Leon den Schlüssel wieder ab und schaute fragend in die Runde.

»Wir sollten versuchen, den Besitzer so schnell wie möglich ausfindig zu machen. Der hat doch keine ruhige Minute mehr«, gab Julie zu bedenken.

»Jau! Das dumme Gesicht von dem Kerl, als der das gemerkt hat, das möchte ich sehen«, meinte Piet. »Vielleicht hat der ja schon die Rückfahrt für die Fähre gebucht und kommt jetzt nicht mehr runter von der Insel. So ein Schiet aber auch.«

Onno steuerte nichts zu den Überlegungen bei. Er strich sich über die stattliche Kugel unter seinem blau-weiß geringelten Shirt. »Dumm gelaufen!«, sagte er schließlich. »Dann muss der eben ohne seinen Flitzer aufs Festland zurück. Und dann muss der mal mit dem Zug fahren.« Jetzt grinste Onno und sah dem Buddha bei der *Weißen Düne* irgendwie ein bisschen ähnlich. »Wer fährt denn schon mit so einem Angeberschlitten auf die Insel?« Eine Spur Schadenfreude blitzte aus seinen blauen Augen. »Der hat hier bestimmt 'ne schicke Eigentumswohnung. Muss dann wohl eine Nacht länger bleiben.« Onno griff zum Sanddornlikör und schenkte auf den Schreck die Gläser voll.

»Also, Kinners, denn steht uns ja wohl ein anständiger Finderlohn zu«, dachte Gretje laut. Sie leerte ihr Pinneken und holte ihr *Tablett*. Verschwörerisch blinzelte Julie zu Ida rüber. Sie mussten sich das Lachen verkneifen, als Gretje das sagte. Piet hatte ihr weisgemacht, dass ihr Tablet wie »Tablett« ausgesprochen wurde. Jetzt wollte sie *guckeln*, wie viel Finderlohn angemessen war.

»Das kann ja auch sein, dass so'n freches Aas von einer Möwe sich den Schlüssel geschnappt hat«, bemerkte Gretje. Sie wollte anscheinend ein ordentliches Sümmchen herausholen.

»Oder dass der Kerl den Schlüssel irgendwo in den Dünen oder am Strand verloren hat«, mutmaßte Piet.

»Gretje, das musst du nun wirklich nicht googeln«, sagte Ida. »Der ist mit Sicherheit dankbar, wenn ein ehrlicher Finder den Schlüssel abgibt, und lässt sich nicht lumpen.«

»Ich finde Gretjes Idee gar nicht so schlecht«, verteidigte Julie Gretjes Aktivitäten. »Wir sollten uns zumindest Gedanken machen, wie der Besitzer sich erkenntlich zeigen kann.«

Schon holte sie Stift und Papier aus ihrem Rucksackbeutel und erstellte eine *Finderlohnliste*. Gretjes Vorschlag von fünfhundert Euro notierte sie an erster Stelle. Piet wünschte sich eine Einladung zum Essen mit allem Drum und Dran. Onno brummelte etwas von Arbeitseinsatz, Leon war heiß darauf, eine Runde mit dem Schlitten zu fahren, nur Ida und Julie waren der Meinung, dass ein ehrliches und nettes Danke vollkommen ausreichend wäre.

***

»Seid mal still! Hat das nicht eben geklingelt?«

Die Türglocke schrillte noch einmal. Leon sprang auf und kam mit Sven zurück.

»Moin Gretje, hab's leider nicht früher geschafft«, entschuldigte er sich. »Habt ihr mir noch ein Stück von deiner weltbesten Friesentorte übrig gelassen?«

»Was für eine Frage!« Sie zeigte auf den restlichen Kuchen. »Alles für dich, mien Jung!« Sie strahlte Sven an, machte eine Bemerkung über das Blumenmuster auf seinem Hemd und nickte Piet zu.

»Was wird das denn für eine Liste? Finderlohn? Wofür?« Sven legte den Arm um Julie, sah sich die Notizen an und amüsierte sich über den Listentick seiner Liebsten.

»Hier!« Gretje zeigte auf den Schlüssel neben Idas Tasse. Sven schloss sich Julies Vorschlag an, den Besitzer entweder zu suchen oder aber den Schlüssel irgendwo abzugeben.

»Vielleicht im Conversationshaus?«, schlug Piet vor.

»Am Sonntagnachmittag ist da kein Schalter geöffnet!«

Bald waren sie sich einig, sich selber auf die Suche zu machen. Doch bevor sie auseinanderliefen, protestierte Onno. »Nee, so geht das nicht. Wir haben hier erst noch was auf der Tagesordnung stehen.«

»Hä? Was denn für eine Tagesordnung?«, wollte Leon wissen.

»Jau! Das habt ihr schon richtig gehört.« Onno nahm seine Mütze ab, knetete sie in den Händen und kratzte sich ausgiebig den kahlen Kopf. Anschließend setzte er sie wieder auf und holte ein zerknittertes Blatt Papier aus seiner Hosentasche. Er wurde richtig verlegen, als ihn alle erwartungsvoll anstarrten.

»Was ist denn nun?«, fragte Gretje ungeduldig. Dann schaute sie wieder angestrengt auf ihr iPad. Sie kniff die Augen zusammen, runzelte die Stirn und tippte mit zwei Fingern flink auf dem Bildschirm herum.

»Nun pack du mal erst das Ding weg!«, entgegnete Onno brummig. »Du machst mich ganz nervös. Was spielst du denn da schon wieder?«

Belustigt sah Gretje auf. »Ach was! Ich mach dich nervös? Auf deine ollen Tage noch? Das kann ja wohl nicht sein. Und damit das mal klar ist, das ist kein Spiel. Das ist Kopptraining. Damit ich fit inne Birne bleibe.«

»Willst wohl ins Fernsehen kommen, in eine Talkshow?«, fragte Onno spitz und verriet, dass er mit dem ganzen Quatsch nicht viel anfangen konnte.

»Nee, ich will bloß nicht dumm sterben! Was willst du uns denn nun sagen?«

Onno tippte auf seinen Zettel und polterte los. »Ich hab mir mal so meine Gedanken gemacht. Wie das hier laufen soll. Mit dem Zusammenleben. Das ist schließlich mein Haus. Ich bin der Käpt'n hier und ich hab mir da was überlegt.«

»Was willst du uns denn nun mitteilen?«, fragte Ida und schaute genervt auf die Uhr. Sie wollte den Abend viel lieber mit Leon verbringen.

»Wir sitzen alle in einem Boot«, fing Onno pathetisch an. »Da müssen sich alle an meine Regeln halten, sonst … Das ist ja nun mal wie an Bord.«

Julie fragte im Scherz, ob sie vielleicht Protokoll führen solle. Das hätte sie besser nicht gemacht, denn Onno hielt das für eine ausgezeichnete Idee. Er schob ihr den Zettel rüber.

»Putzplan!«, las sie mit erhobener Stimme. »Jeder hält sein Zimmer selbst sauber, auch das Bad und das Klo.«

»Wie, gibt es bei Onno keinen Zimmerservice?«, fragte Leon entsetzt. »Ich soll mein Zimmer selber putzen? Ich dachte, da kommt jeden Tag ein hübsches Zimmermädchen, das sich um meine Bedürfnisse kümmert und …«

»Leon!!!« Wie aus einem Munde stöhnten Ida und Julie auf. Das war wieder einer seiner typischen Sprüche.

»Hey, nun regt euch mal nicht gleich auf. Ihr kennt mich doch«, sagte Mr. Charming. Nur Sven sah aus, als hätte er in eine Zitrone gebissen, er ließ sich von Leons Charme nicht einwickeln. Er beobachtete Ida und schüttelte innerlich den Kopf darüber, dass seine beste Freundin sich auf diesen Typen eingelassen hatte.

Julie befragte nun jeden Einzelnen. »Das ist ja wohl logisch!«, meinte Piet. »Wenn ich hier schon für umsonst wohnen darf.« Er sah zu Gretje hinüber, sie war ja nicht mehr die Jüngste. Ob sie dem auch zustimmen würde? Gretje nickte und war einverstanden.

»Was ist mit den Mülltonnen?«, fragte Piet.

»Das ist Chefsache!«, sagte Onno und hielt einen Vortrag über Mülltrennung. »Steht auch an den Tonnen dran, was wofür ist. Das kapiert sogar der Dümmste.«

»Und nun mal weiter zum nächsten Punkt.«

Ida und Sven langweilten sich nach kurzer Zeit. Sie waren schließlich nicht betroffen und zogen sich mit Julies und Svens Hochzeitsfotos in den Strandkorb auf der Rasenfläche zurück.

»Sieh mal, ist das nicht süß? Sieht Gretje da nicht stark aus?«, rief Ida verzückt und zeigte auf die schönsten Schnappschüsse der Strandhochzeit.

»Und Piet erst mal mit seiner Fliege«, alberte Sven. Aus den Augenwinkeln bekam er mit, wie Gretje Onno anblitzte und ihm einen Vogel zeigte, als der auf Einhaltung der Nachtruhe ab dreiundzwanzig Uhr bestand.

»Was ist denn mit Damenbesuch?«, fragte Leon scheinheilig. Er lümmelte auf dem Gartenstuhl und zwinkerte zu Ida hinüber. Die hielt sich die Hand vor den Mund, um nicht laut loszulachen. Die zwei im Strandkorb waren anscheinend hellhörig geworden.

»Jau, das ist so eine Sache«, begann Onno und schob die Mütze aus der Stirn. »Wenn ihr nicht so einen Krach macht, dann könnt ihr tun, was ihr wollt. Bin ja auch mal jung gewesen.«

Gretje fragte kichernd: »Und was ist mit Herrenbesuch?«

»Gretje!« Onno verdrehte die Augen. »Du willst doch nicht etwa …«

»Das ist doch wohl nicht so abwegig. Wenn ich das immer mitkriege, was da auf *Finder* abgeht.« Onnos runder Glatzkopf sah jetzt aus wie ein dicker, roter Luftballon, der kurz vorm Zerplatzen war.

»Fein, dann haben wir das ja auch geklärt«, freute sich Julie und vermerkte alles auf Onnos Zettel. »Dann braucht ihr mich doch hier nicht mehr. Oder?«

»Nee, du wirst hier noch gebraucht!«, bestimmte Gretje.

»Aber wir beide nicht mehr, nicht wahr, Gretje? Hat jemand was dagegen, wenn ich mit Ida einen kleinen Strandspaziergang mache?«, fragte Sven. »Wir halten auch schon mal die Augen offen. Vielleicht läuft uns ja der Besitzer des Autoschlüssels über den Weg.« Sven klappte das Fotoalbum zu, steckte die Inselzeitung ein, strubbelte Julie zärtlich durchs Haar und verabschiedete sich mit einem Küsschen von ihr.

»Tut, was ihr nicht lassen könnt«, gab Gretje ihren Segen.

»Ist ja nur für ein Stündchen.« Ida steckte den Autoschlüssel ein, doch Piet meinte, der wäre bei Onno besser aufgehoben. »Nicht, dass der noch einmal verloren geht oder sich wirklich eine Möwe darauf stürzt.«

***

Ida und Sven schlenderten über die Strandpromenade zur Milchbar. Sonnenbebrillt chillten dort die Urlauber, einen kühlen Drink immer in Reichweite. Das Lokal war ein beliebter Treffpunkt für Jung und Alt. Hier wurde geflirtet, gelacht, aber auch der Blick aufs Meer und den Sonnenuntergang genossen.

»Glaubst du wirklich, dass der Jaguarfahrer um diese Zeit immer noch am Suchen ist?«, überlegte Sven. »Wenn er gescheit ist, ruft er bei der Polizei an und fragt da mal nach.«

»Warum nicht? Kann doch sein, dass er es gar nicht sofort gemerkt hat.« Ida zeigte ihm die Bank, unter der sie den Schlüssel gefunden hatte.

»Hm.«

Sie zählte spontan einige Möglichkeiten auf, weshalb der Verlust erst später bemerkt worden sein könnte. »Und wenn der vielleicht erst mittags aus den Federn gekommen ist …?«

Angestrengt spähten Ida und Sven in alle Richtungen. Die suchenden Blicke der Leute galten jedoch wohl mehr einem freien Platz. Oder sie hielten Ausschau nach Bekannten.

»Ich habe Lust auf einen anständigen Kaffee. Ganz gemütlich und mit Bedienung. Du auch?«, sagte Ida.

»Und wie«, stimmte Sven sofort zu. »Gretjes Teezeremonie ist ja schön und gut, aber ich mag nun mal lieber Kaffee.«

»Marienhöhe?«

Er nickte. Sie hakten sich unter und steuerten auf das sechseckige Gebäude zu, das man schon von der Fähre aus sehen konnte. Wenn die Marienhöhe in Sicht kam, dann dauerte es nicht mehr lange, bis man die Insel erreicht hatte.

Zwischen blühenden Heckenrosen gingen sie den schmalen Fußweg zu dem Ausflugslokal hoch. Das grüne Dach bildete einen schönen Kontrast zum blauen Himmel. Bei gutem Wetter war die Terrasse natürlich voll besetzt. Als Sven und Ida schon im Innenbereich nach einem Tisch am Fenster Ausschau halten wollten, stand jemand auf und machte einen Platz in der ersten Reihe mit Blick aufs Meer frei.

»Glück muss man haben!«, freute Ida sich und bestellte einen Cappuccino. »Mit Herz«, fügte sie überflüssigerweise hinzu.

»Verliebt? Oder wie soll ich das interpretieren?«

»Ach Sven! Du kennst mich doch.«

»Gott sei Dank! Aber … das macht es nicht einfacher. Also, Ida … ich weiß gar nicht, wie ich anfangen soll.« Erstaunt guckte sie ihn an. »Du weißt, dass ich nur dein Bestes will.«

»Was ist denn los? Hast du ein Problem?«

»Nee, ich habe kein Problem. Ich mache mir nur so meine Gedanken.« Sven sah seine langjährige Freundin besorgt an. »Ich will nicht, dass du wieder enttäuscht wirst. Also, Leon …«

»Was ist mit Leon?«, fragte sie spitz, die fröhliche Stimmung war dahin. »Gönnst du mir mein Glück etwa nicht?«

»Ida!« Er legte beschwichtigend seine Hand auf ihre. »Nun sei doch nicht sauer. Ich meine ja nur, also, Leon ist ein Mann, der, der …«, stotterte Sven.

»Der nicht zu mir passt? Der nicht treu sein kann? Der mich nicht liebt? Willst du das sagen?«

Sven rührte in seinem Latte, der inzwischen serviert worden war, und nickte kaum merklich.

»Und wenn es so wäre«, meinte sie trotzig. »Einen Mann wie Leon habe ich noch nie getroffen und ich lasse mir mein schönes Gefühl nicht von dir kaputtmachen. Er tut mir so gut!!! Aber so was von!« Sie verdrehte die Augen und richtete ihren Blick in die Ferne. Die Nachbarinsel Juist war es aber nicht, die ihre Aufmerksamkeit fesselte.

»Entschuldige, es geht mich auch wirklich nichts an. Aber als Freund will ich dir nur sagen, sei vorsichtig.«

Ida nuschelte »Schon gut« und drückte seine Hand. Sven folgte ihrem Blick hin zu der weißen Fähre, die Richtung Festland schipperte, zu den Schleierwolken und den Windrädern in weiter Ferne.

»Nee, hier.« Ida zeigte auf eine Touristin mit langen blonden Haaren. »Sieh mal, die da.«

»Hübsch!«, erwiderte Sven. »Und was ist mit ihr?« Er meinte, dass sie wie eine der Frauen wirkte, die mit ihrem Kegelclub unterwegs waren und auf Norderney etwas erleben wollten.

»Die sucht doch was!«

»Vielleicht auch einen Millionär?«, witzelte Sven und tippte auf den Artikel in der Zeitung, auf dem das verblichene Foto einer Frau zu sehen war. Die sah eigentlich nicht so aus, als würde sie in Millionärskreisen verkehren. Hübsch, aber durchschnittlich. Neben ihrem Foto eine Ansichtskarte von Norderney, mit einem dicken Fisch an der Angel darauf. »Hör mal, was hier steht: *Das letzte Lebenszeichen von Britt M. ist diese Karte an ihre Nachbarin Else K.: Ich habe ihn gefunden, meinen dicken Fisch! Meinen Millionär! Bleibe noch etwas länger auf Norderney. Vielleicht komme ich auch nur zurück, um meine Sachen zu packen. Seien Sie unbesorgt und bitte denken Sie an meine Blumen. Verliebte Grüße Britt Meinders«*, las Sven vor, sah aber dann doch in die Richtung, in die Ida starrte.

»Sei nicht albern! Die ist noch jung, und guck doch mal genau hin, mit dem Fuß schiebt sie sogar die Heckenrosen beiseite.«

»Autsch. Das gibt böse Kratzer. Die Karte ist außerdem schon vor drei Monaten abgeschickt worden. Hast recht, das ist sie nicht.«

Die Unbekannte steuerte auf die Marienhöhe zu. Je näher sie kam, umso deutlicher konnte Ida ihr anmerken, dass mit ihr etwas nicht stimmte. Weinte sie etwa? Die junge Frau fummelte ein Tempo aus ihrer Hosentasche und wischte sich durchs Gesicht.

»Ich geh mal zu ihr hin!« Sie stand auf, doch Sven hielt sie zurück.

»Lass sie erst mal näher kommen. Wenn du dich jetzt auf sie stürzt, dann hat sie jede Menge Zuschauer. Ob sie das möchte?«

»Hm.« Ida setzte sich wieder und nun beobachteten sie gemeinsam das Mädel.

»Die ist doch viel zu jung.« Er schüttelte den Kopf. Ida verstand nicht sofort, was er damit sagen wollte. »Ein Jaguar passt nicht zu der«, erklärte Sven.

Die Urlauberin näherte sich mit gesenktem Kopf dem Lokal. Jetzt stand sie vor der Eingangstür und sah sich um. Sie weinte immer noch.

»Wieso setzt sie denn keine Sonnenbrille auf, wenn sie schon so verheult herumläuft?«, lästerte Ida. »Bestimmt hat sie ein Dutzend Designermodelle zu Hause rumliegen. Oder … sitzt die Sonnenbrille auf ihrem Haar und sie hat das gute Stück glatt vergessen?« Automatisch griff Ida nach ihrer eigenen Brille. In letzter Zeit passierte ihr das häufiger, dass sie sie überall suchte, nur nicht auf dem Kopf.

»Ich könnte ihr meine anbieten.« Sven grinste, drehte seine Gläser, in denen die Sonne sich spiegelte, in den Händen und fügte hinzu: »Ist doch ein origineller Spruch zum Anbaggern. Oder?«

»Svenny! Du immer mit deinen Sprüchen. Du bist verheiratet. Schon vergessen?«

»Wie könnte ich das vergessen! Ich kann es immer noch nicht glauben, dass ich so ein Glück habe.« Ida wusste, was er meinte. Sie hatte ihn in seiner schwersten Zeit durch Trauer und Verzweiflung begleitet. »Ach Ida, du kennst mich doch schon so lange. Du kennst doch meine kleinen Macken. Und du liebst sie doch auch?«

Schluchzend schob die junge Frau die Tür auf. Sie trat wieder hinaus in die Sonne und presste sich die Hand vor den Mund.

»Können wir Ihnen helfen?«, sprach Ida sie an. »Haben Sie etwas verloren? Vermissen Sie zufällig einen Autoschlüssel?«

Sie hob den Kopf und schaute Ida ungläubig an. »Ja … J… Jaguar«, stammelte sie. Sie bot einen jämmerlichen Eindruck und sah aus, als würde sie im nächsten Moment zusammenbrechen. Ida hakte sie entschlossen unter und dirigierte sie an den Tisch.

»Setz dich erst mal. Ist doch okay, wenn wir uns duzen? Ich bin Ida. Ich habe einen Autoschlüssel gefunden. Und das«, sie zeigte auf ihren Freund, »das ist Sven.« Ida legte eine Packung Tempotücher in Reichweite und bestellte einen Kaffee für das Mädchen.

»Wirklich?«, fragte sie ungläubig. »Du hast den Schlüssel gefunden? Wo ist er?« Ihr verweintes Gesicht erhellte sich, aber Sekunden später blinkte wieder Panik in ihren Augen. »Ihr müsst mir helfen«, flüsterte sie. »Ich habe solche Angst. Der bringt mich um!« Wieder brach sie in Tränen aus.

»Hey, nun beruhige dich doch mal. Ist doch alles wieder gut.« Er tätschelte ihr väterlich den Arm. Er schätzte das Mädchen auf höchstens fünfundzwanzig.

»Nichts ist gut!«, begehrte sie auf. »Ich bin erledigt.«

Sven und Ida sahen sich an, zahlten und gingen mit ihr zurück zu Onnos Haus. Unterwegs versuchten sie herauszufinden, wovor Caro sich fürchtete. Doch zwischen den ganzen Schluchzern war kaum ein Wort zu verstehen.

Kapitel 3

Bei Onno wurde heftig übers Einkaufen und Kochen diskutiert. »Ich hab Übernachtung mit Frühstück gebucht, also bin ich raus aus der Nummer«, stellte Leon klar. »Bei meinen Arbeitszeiten ist das schon schwierig genug mit geregelten Mahlzeiten. Und Ida kocht auch gern mal für mich.«

»Nun reg dich man nicht so künstlich auf«, meinte Onno, »das Einkaufen hab ich ja nun schon die ganze Zeit über gemacht, das tu ich auch weiterhin. Und du, Gretje, du musst mir nur immer den Einkaufszettel schreiben. Und das Kochen, das ist deine Sache.«

»Jau. Ehrenwort! Das war ja die Bedingung. Wie willst du denn klarkommen, wenn ich wieder weg bin? Gehst du dann auf Diät?«, fragte sie mit einem honigsüßen Lächeln, kippte ein Likörchen hinunter und bemerkte anzüglich: »Das würde dir mal nicht schaden tun. Hast ja 'ne ganz schöne Kugel gekriegt.«

»Wie lange willst du eigentlich noch bei mir wohnen und die Prinzessin spielen?«, konterte er und klopfte auf seine Wampe. Begeistert guckten die Männer zu, wie die Rundungen der Roten Lola auf seinem Arm noch üppiger wurden.

»Die sieht ja aus wie die leibhaftige Sünde«, kommentierte Leon das Tattoo.

»Aber nicht mehr lange«, meinte Gretje amüsiert. »Die wird ganz schnell wieder zu 'ner schrumpeligen Seemannsbraut.« Sie kitzelte Onno, die Muskelspannung fiel in sich zusammen und Lola mit ihr. »Seht ihr!«, kicherte Gretje. »Und was meinst du denn mit der Prinzessin? Dafür bin ich doch wohl ein bisschen zu alt. In meinem Alter, da ist man schon eher eine Königin! Prinzessin? Das ist was für unsere Julie.«

Onno brummelte unverständliches Kauderwelsch und nickte.

»Also, Gretje …« Leon setzte wieder seinen Verführerblick auf. »Dann bist du eben unsere Friesenqueen. Das klingt doch auch viel schöner.«

Geschmeichelt zupfte Gretje an ihrem Haar und erwiderte seinen Blick.

»Oder unsere Friesenrose«, schlug Onno vor. »Das passt noch viel besser. Wegen den Dornen, mit denen Gretje immer gern mal pikst.«

Leon und Julie prusteten los.

»Ihr seid ja herrlich! Aber der Spitzname ist gut«, kiekste Julie. »Und so eine unvergängliche Schönheit, die strahlst du wirklich aus.« Julie schlug das Fotoalbum auf, zeigte auf ein Bild, auf dem Gretje besonders gut getroffen war, und erzählte, dass der Inselfotograf sie angesprochen habe, ob er wohl ein exklusives Shooting mit der rüstigen Ostfriesin machen könnte.

Jetzt errötete Gretje tatsächlich und senkte den Blick. Darauf musste sie erst mal einen trinken. Leon nahm ihr jedoch die Flasche aus der Hand und stellte sie außer Reichweite. Gretjes lautstarken Protest schien er nicht zu hören.

»Was fällt dir denn ein? Kannst mir nicht einfach die Fittamine wegnehmen«, schimpfte und zeterte die alte Ostfriesin. Leon legte beruhigend seine Hand auf die ihre, sah ihr in die Augen und entschied: »Schluss für heute mit deinen Fittaminen. Zu viel ist auch nicht gesund.«

»Menno!«, begehrte sie auf. »Mein Freddy, das war auch so einer. Immer wenn ich so ein bisschen angetüddelt war, hat er gesagt: ›Genug jetzt!‹ Und dann hat er mich ganz fest in den Arm genommen und … mich geküsst.« Ein tiefer Seufzer entrang sich ihrer üppigen Brust. »Und das war tausendmal besser als jeder Schnaps. Und küssen konnte der!«

Gretjes Augen leuchteten bei der Erinnerung, dann knöpfte sie ihre Bluse auf und schob den Ärmel von der Schulter. Was hatte sie denn jetzt vor?

»Hier!« Sie tippte auf ihr Schulterblatt. »Glaub man nich, dass nur du ein Tattoo hast. Ich hab das auch«, trumpfte sie auf.

»Hui, Gretje! Was ist das denn? Da hast du mir ja noch gar nichts von erzählt«, stammelte Piet.

»Musst ja auch nicht alles wissen. Wir Frauen haben alle ein kleines Geheimnis.« Beeindruckt sahen sich die jungen Leute den blauen Anker auf ihrem Schulterblatt an.

»Hast du denn nach Freddy überhaupt nicht mehr geküsst? Gab es nach Freddy keinen anderen Mann mehr? Oder vielleicht eine Frau?« Leon strich zaghaft mit dem Finger über die verblassende Farbe in ihrer Haut und über die Buchstaben, die an der Ankerspitze hingen. *Freddy*, stand da geschrieben. Gretje rührte sich nicht, sie hielt die Luft an, wischte sich nur einmal über die Augen.

»Ich hab's nach mien Freddy noch einmal mit einem Mann versucht, aber das war nix. Und nun ist da ja niemand mehr.«

»Keiner mehr, der auf dich aufpasst?« Leon setzte sich so hin, dass sie ihn ansehen musste. Der Therapeut in ihm kam wieder einmal durch, auch wenn er nur Physiotherapeut war und hauptsächlich Verspannungen löste. In leicht verständlichen Worten gab er sein Fachwissen über die Gefahren des Alkohols zum Besten. »Mensch, Gretje, du willst dir doch deine Schönheit bewahren, oder?« Er wartete ihre Antwort nicht ab. »Du bist eine blühende, hübsche Friesenrose, mach dir das nicht mit deinen Fittaminen und anderen Likörchen kaputt.«

»Hmm«, grummelte sie und versuchte seinem Blick auszuweichen, aber da hatte sie keine Chance.

»Ist da denn keiner mehr, der dich ab und zu mal liebevoll in den Arm nimmt und drückt?«, fragte Leon zaghaft. Er sah sie entsetzt an. Ein Leben ohne Berührung, vor allem aber ohne Sex, war für ihn undenkbar. Er war überzeugt davon, dass es damit auch in fortgeschrittenen Jahren nicht vorbei sein müsse, und hielt einen flammenden Vortrag über Liebe im Alter. Piet und Onno saugten jedes seiner Worte auf und vergaßen dabei, ihren Mund wieder zu schließen.

»Mensch, Gretje, wenn das so is! Da will ich dir wohl auch Nachhilfe drin geben«, bot Piet bereitwillig an. Er setzte sein Angebot sofort in die Tat um und drückte der verdatterten Gretje einen dicken Schmatzer auf den Mund. »So, damit du weißt, dass ich das auch ernst meine. Das will ich dir wohl mit Vergnügen noch beibringen.«

Bei seinen Nachhilfestunden in Sachen Handy und Internet stellte Gretje sich nicht dumm an. Auch mit dem neuen Tablet, das er ihr zu Weihnachten geschenkt hatte, kam sie gut zurecht. Viel zu gut! Sie surfte auf manchen Seiten im Internet, die Piet ihr am liebsten verbieten wollte. Aber Gretje war unglaublich stur, sie ließ sich von ihm nichts vorschreiben.

»Mensch, Piet, was willst du mir denn noch alles beibringen?« Mit dem Handrücken wischte sie sich über den Mund und plauderte lang und breit von den schönen Zeiten mit ihrem Freddy. Sämtliche Vorurteile über wortkarge Ostfriesen machte sie damit zunichte.

»Mien oller Seebär, der war oft viel zu lange auf See«, sagte sie mit einem Seufzer. »Und mein Freddy, der hatte das gleiche Tattoo wie ich. Sogar noch mit 'nem Herz um meinen Namen. Und wenn wir zusammen nebeneinander hergingen, dann liefen wir immer so, dass unsere Ankerspitzen zueinander hinzeigten. Jau, das war vielleicht mal 'ne schöne Zeit mit mien Freddy.«

Eine Träne kullerte über ihre Wange. Piet tupfte sie behutsam ab und flüsterte: »Nun heul mal nicht, mein Mädchen.« Mit einem schiefen Lächeln drückte sie seine Hand.

»Das muss wahre Liebe sein«, seufzte Leon und zeigte auf Onnos Oberarm. »Und was hat es mit der Roten Lola auf sich? Erzähl doch mal.«

»Au Mann, das ist 'ne lange Geschichte.«

Leon sah auf die Uhr. Auf eine lange Geschichte, geschweige denn auf Seemannsgarn, hatte er heute keine große Lust mehr. Die Langfassung sollte Onno ihm lieber ein anderes Mal schildern.

»Und die Kurzversion davon? In zwei, drei Sätzen?«

»Au Mann, das Weib kann man nicht in zwei Sätzen beschreiben. Das Weib muss man erlebt haben. Ich sag nur, ein Rasseweib. Die bringt jeden Mann um den Verstand.«

»Das merkt man ja an dir. Da ist nicht mehr viel übrig geblieben«, fiel Gretje ihm ins Wort.

»Nun man kein Neid! Ist eben 'ne andere Klasse, als du das bist, mien Wicht!«

»Was denn für 'ne Klasse? Klasse Schlafwagen? Oder was willst du damit sagen?«

»Nun man nicht so garstig, Gretje.« Beschwichtigend tätschelte er ihre Hand. »Aber so kenn ich dich, die Friesenrose zeigt ihre spitzen Dornen. Kannst es immer noch nicht lassen, was?«

»Na, wenn ich dran denke, dass das Rasseweib dich nicht nur um deinen Verstand gebracht hat, sondern auch um deine Kohle! Und dann war sie plötzlich weg und hat 'nen andern geheiratet. Und du hast geflennt wie ein getretener Hund.«

»Gretje, nun ist aber gut.« Piet knuffte sie in die Seite.

»Bin nun mal kein Kerl zum Heiraten!«, sagte Onno.

Ein Wort gab das andere zwischen den beiden alten Leutchen. Leon ärgerte sich, überhaupt gefragt zu haben. Er sah zu Julie rüber, ihr Blick schien so viel zu bedeuten wie: *Und du, mein lieber Leon, gehörst auch zu den Männern, die nicht zum Heiraten geeignet sind. Die man aber trotzdem lieben muss.* Schnell wandte sie ihre Augen wieder ab, als sie seinen begegnete. Gretje plauderte weiter aus dem Nähkästchen und ließ nicht ein gutes Haar an der Roten Lola.

»Schluss jetzt!« Onno haute mit seiner Pranke auf den Tisch, dass die Gläser nur so klirrten. »Das ist ja wohl meine Sache, was ich für Weibergeschichten habe.« Er streichelte über seinen Arm und wechselte das Thema. »Und damit du nicht nur rummeckerst, Gretje, hole ich jetzt mal die Fietze für dich aus dem Keller. Hab immerhin die ganze letzte Woche an dem Rad rumgeschraubt.«

»Jau, das mach du man! – Aber das musste ja mal gesagt werden«, antwortete Gretje verschmitzt grinsend. Sie hatte wieder einmal das letzte Wort gehabt.

Kapitel 4

»Wie weit ist es denn noch?« Ängstlich schaute Caro sich alle paar Meter um. Ida warf Sven einen vielsagenden Blick zu.

»Du hast das Auto doch nicht etwa …« Ida hielt das Mädchen am Arm fest. »Geklaut?«

»Spinnst du? Seid ihr eigentlich alle durchgeknallt auf dieser Insel?« Sie schlug Ida auf die Hand, entschuldigte sich aber im nächsten Moment dafür.

»Nee! Aber du siehst auch nicht so aus, als ob der Jaguar dir gehören würde. Ist der Papi Millionär?«

Caro verneinte das und schluchzte erneut auf.

»Ach, guck mal einer an. Die Teerunde hat sich nach draußen verlagert.« Sven zeigte auf die kleine Menschenansammlung vor Onnos Haus und wandte sich an Caro. »Wir sind sofort da. Guck mal, die ältere Frau auf dem Rad, das ist Gretje.«

»Die findet für jedes Problem eine Lösung«, fügte Ida noch hinzu.

Etwas wackelig, dafür aber laut klingelnd und in Schlangenlinien radelte die alte Dame auf das Trio zu. Knapp vor Svens Füßen stoppte sie und musterte Caro von Kopf bis Fuß.

»Was habt ihr denn da aufgelesen?«, fragte sie und fuhr ohne Antwort zu Onno zurück. Lautstark verkündete sie, dass Sven und Ida einen verlassenen Heuler im Schlepptau hätten.

Onno hob nur kurz den Kopf, als die drei näher kamen, widmete sich dann aber wieder dem Stück Treibholz, auf das er mit großen Buchstaben *WG Friesenrose* schrieb. Etwas kleiner pinselte er darunter: *Keine Fremdenzimmer!!!*

»Was soll das denn werden?«, fragte Ida. Voller Bewunderung schaute sie zu, wie er mit ruhiger Hand eine Friesenrose neben das Wort malte. An der Stelle mit dem Hinweis, dass er nicht vermiete, pinselte er eine gefährlich aussehende Dorne an den Stiel der Blüte. »Das ist richtig gut«, lobte Ida sein Kunstwerk.

»Jau! Das ist ja auch mit viel Herz gemalt. Das Schild kommt jetzt an meine Haustür, damit man gleich weiß, dass wir eine Wohngemeinschaft sind und dass ich nicht an Fremde vermieten tu.«

»Jawoll!«, stimmte Piet zu.

»Was du alles kannst!« Leon war ebenfalls sehr beeindruckt von den Fähigkeiten des alten Mannes. Er legte den Arm um sein Mädchen, um seine Ida, und beäugte die junge Frau, die ängstlich um sich blickend neben ihr stand.

»Wir haben Caroline mitgebracht. Sie ist die Frau mit dem Autoschlüssel!«

Die Fremde nickte, schluchzte und stammelte, dass sie auf keinen Fall die Besitzerin sei. »Eigentlich werde ich Caro genannt«, sagte sie und schniefte weiter.

»Nun ist aber mal Schluss mit dem Gejammer!« Gretje stellte ihre Fietze ab, klatschte in die Hände und schob Caro ins Haus. »So, Mädchen, da ist das Badezimmer. Nun mach dich erst mal frisch. Siehst ja aus, als hättest du die ganze Nacht durchgemacht.«

Onno verdrehte die Augen so weit, bis nur noch das Weiße darin zu erkennen war, spielte mit seiner Mütze und nuschelte was von *Weiber*. Piet stellte eine weitere Tasse auf den Tisch und Gretje holte Kartoffelsalat und Frikadellen aus dem Kühlschrank. Aber auch die Flasche Sanddornlikör. Es dauerte ewig lange, bis Caro wieder auf der Bildfläche erschien. Verheult und ungeschminkt setzte sie sich und starrte auf den Schlüssel, als ob er sich in eine lebendige Raubkatze verwandeln könnte.

»Nun iss erst mal was!« Gretje häufte ihr einen Berg Salat auf den Teller und so viele Frikadellen, bis Onno energisch eingriff.

»Nun ist aber genug!« Er zog die Schüssel zu sich herüber und langte mit den Fingern zu. Immerhin war er der Einzige, der wirklich etwas getan hatte. Er konnte etwas vorweisen, nämlich ein auf Hochglanz poliertes Fahrrad und sein Kunstwerk an der Tür.

Caro stieß ihre Gabel mit solcher Wucht in die Frikadellen, als wollte sie jemanden umbringen. Sie verschlang die Portion innerhalb kürzester Zeit und sprach währenddessen kein einziges Wort.

»Du scheinst ganz schön ausgehungert zu sein.«

»Hm! Hab seit dem Frühstück nichts mehr gegessen.«

»Dann wollen wir dich erst mal ein bisschen aufpäppeln.« Leon verfiel wieder in seinen Therapeutenjargon. Trotz aller Seriosität schwang darin ein flirtender Unterton mit. Er setzte sich zu Caro, legte seine Hand auf ihren Arm und sprach beruhigend auf sie ein. »Und jetzt erzähl mir mal, was genau passiert ist. Ganz von vorne. Wir haben Zeit genug. Falls du es aber eilig damit hast, den Schlüssel zurückzubringen, ist das natürlich auch okay.«

Gretje strafte Leon mit einem missbilligenden Blick. »Und was ist mit dem Finderlohn?«, polterte sie dann dazwischen.

Über Caros Gesicht huschte ein erstes zaghaftes Lächeln, das immer breiter wurde. Sie begann sogar herzhaft zu lachen. Doch dann nahm das Gelächter hysterische Formen an und blitzartig verebbte es wieder.

»Finderlohn!!!«, stieß sie abschätzig hervor. »Wenn ihr wüsstet! Der rückt keinen einzigen Cent raus. Da könnt ihr Gift drauf nehmen. Der hat zwar die dicke Kohle, aber der ist ein Schwein.« Mit Verachtung spuckte Caro das Wort »Schwein« in den Raum. Augenblicklich wurde es mucksmäuschenstill.

»Wer ist ein Schwein?«, hakte Julie sanft nach und schraubte den Verschluss des Sanddornlikörs auf.

»Mr. Jaguar! Der … der … der ist so ein mieses Arschloch und …« Caro zitterte am ganzen Körper und schlang sich die Arme um die Schultern. Immer wieder schaute sie auf die Uhr und wimmerte: »Ich … ich bin erledigt.«

»Wie meinst du das denn? Erledigt?«, fragte Gretje.

»Der bringt mich um!«

»Nun mal ruhig Blut.« Onno baute sich zu voller Größe auf. Ihm reichte es mit den Andeutungen und dem ganzen Gejammer. Das mit dem Umbringen, das wollte er erst einmal genauer wissen.

»So, Kindchen, nun erzähl dem ollen Seebär mal, wer dich umbringen will! Und warum! Und dann auch noch, wie Mister Jaguar mit seinem echten Namen heißen tut. Und geflennt wird erst hinterher wieder. Dann gebe ich dir 'nen Eimer und da kannst du Rotz und Wasser reinheulen.« Er schlug mit der Faust auf den Tisch und verlieh seinen Worten so den nötigen Nachdruck.

Caro schluchzte noch einmal auf, schniefte in Onnos Taschentuch, das er ihr unter die Nase hielt, und begann stockend zu erzählen.

»Der Schlüssel gehört meinem Bekannten. Er hatte mich eingeladen, ein paar Tage mit ihm auf Norderney zu verbringen. Er hat geschäftlich hier zu tun und, na ja, es klang sehr verlockend.«

»Ah! Dein Bekannter?« Leon zog die Augenbraue hoch und schüttelte den Kopf. »Du meinst, dein Lover?«

»Und wie heißt er?«, lenkte Sven von dem peinlichen Verhör ab. Er fragte sich, ob er Mr. Jaguar schon mal über den Weg gelaufen war. Zu seinem Bekanntenkreis gehörten einige der zugereisten Norderneyer, die ihr Geld in einer Immobilie auf der Insel angelegt hatten. Auch Ida horchte auf. Durch ihren Job im Sanddornlädchen war sie über den neuesten Klatsch und Tratsch immer auf dem Laufenden.

»Rob van Geldern heißt er.«

Sven pfiff durch die Zähne. »Der Schönheitschirurg, der sich gern mit hübschen jungen Dingern schmückt!«

»Du kennst ihn?«

»Kennen ist zu viel gesagt. Ich habe nur gehört, dass er auf Ney eine Praxis aufmachen und die Damenwelt verschönern will. Auf Sylt soll er auch schon tätig sein.«

»Hört, hört!« Onno lehnte sich zurück und faltete seine Hände über dem Bauch.

»Genau der. Er meint, Norderney sei das neue Sylt. Die einmalige Chance, auch hier bei den Reichen und Schönen abzusahnen, will er sich nicht entgehen lassen. Der Jaguar ist sein Spielzeug, seine große Liebe.«

»Denn kann der Herr Doktor ja jetzt nicht weg! Das ist ja dumm.« Gretje tippte flink auf ihrem iPad herum und reichte das Ergebnis ihrer *Guckelei* weiter. »Und was ist jetzt das Problem? Ist der denn nicht dein Freund?«

»Hach! Ein Freund ist der nie gewesen. Und das Problem ist kein Problem, sondern eine Katastrophe. Sein Angeberauto, das ist das Einzige, was er liebt. Sonst nichts. Der Mann kann das Wort ›Liebe‹ nicht einmal buchstabieren, der kennt keine Gefühle.«

»Wieso hast du dich denn dann auf den Kerl eingelassen?« Julie zog ihre Jacke aus und legte sie Caro um die Schultern. Das Mädchen hatte Gänsehaut am ganzen Körper.

»Weil ich dämlich bin«, schluchzte sie. »Er hat ja recht, ich bin nicht das hellste Licht auf der Torte.«

»Na hör mal! Hat er das behauptet? Das ist ja wohl eine Frechheit!«, sagte Leon.

Caro knöpfte die Jacke bis oben hin zu, sackte in sich zusammen und dann erzählte sie die ganze Geschichte.

»Wir waren gestern essen und danach noch an der Weststrand-Bar. Alles war gut, aber dann hatte Rob Bekannte getroffen, mit denen er sich noch ins Nachtleben stürzen wollte. Er trinkt gern mal einen über den Durst. Als sich ein Frauentrüppchen zu uns gesellte, spielte er mal wieder den Superhelden. Voll peinlich! Charmant lächelnd, mit dem Autoschlüssel in der Hand, gab er damit an, was es doch für ein geiles Lebensgefühl ist, mal eben schnell mit dem Jaguar nach Ney zu flitzen. Die Mädels hingen begeistert an seinen Lippen – und später bestimmt auch an seinem Hals.« Caro trank einen Schluck und sprach dann weiter. »Er ist aber auch wahnsinnig attraktiv, finde ich. Und so gepflegt.« Wieder machte sie eine Pause und suchte nach Worten. »Zumindest nach außen hin. Innen drin ist er das verkommenste, das dreckigste Subjekt, das mir je begegnet ist«, schimpfte sie. Nun ließ Caro ihren ganzen Frust raus und kein einziges gutes Haar an ihrem Bekannten.

»Das mit der Attraktivität, das ist ja wohl Geschmackssache. Ich kenne ihn zwar nicht, aber sieh mich an«, sagte Leon, »sieht dein Rob etwa besser aus als ich?«

»Leon! Geht's noch?«, rief Julie. Diese Machosprüche gingen ihr langsam auf die Nerven.

Caro schaute Leon an. Intensiv. Sie wurde ein bisschen rot, dann erzählte sie weiter.

»Robby hat mich behandelt, als wäre ich Luft, nachdem er mir den Schlüssel in die Hand gedrückt hatte. ›Pass gut auf mein Schätzchen auf, Baby! Gönn dir einen ausgiebigen Schönheitsschlaf und geh brav nach Hause. Du kannst schon mal die Koffer ins Auto packen. Den Zigarettenqualm in den Bars verträgst du ja sowieso nicht.‹ Das hat er wortwörtlich so gesagt! Alle haben sie mich nur angeguckt, dann haben sie gelacht und mir ›Gute Nacht!‹ zugerufen.«

»Boah! Und das hast du dir gefallen lassen?«

»Was für 'ne fiese Möpp!«

»Ich war stinksauer, das könnt ihr mir glauben.« Caros Augen funkelten, sie kippte den Sanddornlikör runter und sprach leise weiter. »Ich bin dann zur Milchbar und habe einen Lazy Life getrunken, und später noch einen. Über die Promenade bin ich zurück, hab den Vollmond angejault und meine Wut in das Rauschen des Meeres geschmettert. Irgendwo auf dem Weg muss mir der Schlüssel aus der Tasche gefallen sein. Vielleicht, als ich nach den Taschentüchern gesucht habe. Gegen Mitternacht war ich dann zu Hause, Robby war natürlich noch nicht da. Als er in der Morgendämmerung sturzbesoffen aufs Bett krachte, habe ich mich ins Gästezimmer verzogen. Es war so ekelig! Er stank nach Zigaretten, ganz zu schweigen von seiner Alkoholfahne.« Caro schüttelte sich. Angewidert verzog sie das makellose Gesicht.

»Nun schnack man nicht so viel. Sag uns man lieber, was dann passiert ist, als du gemerkt hast, dass du Robbys kleinen Liebling verloren hast!«, drängelte Gretje.

»Caro, nun erzähl uns endlich, weshalb du glaubst, dass er dich umbringen will.« Leon schlug wieder den Therapeutenton an, doch jetzt ohne die flirtende Untermalung. »Du hast das nicht wirklich ernst gemeint, oder? Sollten wir in dem Fall nicht besser die Polizei hinzuziehen?«

»Nein! Nicht die Polizei. Mit denen steht Rob auf Kriegsfuß.«

»Na und? Das kann dir doch egal sein.«

»Nee. Dann wird der noch fieser. Dass er mir etwas antun will, davon bin ich überzeugt, auch davon, dass er das ernst gemeint hat.« Sie machte eine lange Pause und tupfte sich die Tränen von den Wangen. »Mittags, als er seinen Rausch ausgeschlafen hatte und wir das Auto beladen wollten, da habe ich gesucht und gesucht, aber der verflixte Schlüssel war nicht da. Rob hat meine Handtasche auf links gedreht und den Inhalt ausgeschüttet. Ob er Angst hatte, dass ich mit seinem Auto eine Spritztour machen will? Und dann …« Caro schluckte hart und fing wieder an zu zittern. »Dann musste ich mich …«

»Was musstest du?« Idas Hand lag auf Caros Arm, sie streichelte das Mädchen, das erneut in Tränen ausbrach.

»… mich nackt ausziehen. Und er hat mich abgetastet, ob ich den Schlüssel irgendwo …« Sie legte ihre Stirn auf die Tischplatte, ihre Schultern bebten. Ida nahm sie in den Arm, reichte ihr einen Tee und breitete eine Decke über das Häufchen Elend aus.

»Das gibt's doch nicht! So ein Schwein!« Gretjes Augen funkelten vor Wut.

»Arschloch!«, knurrte Onno mit furchterregendem Blick.

»Und dann durfte ich mich wieder anziehen und er hat mich vor die Tür gejagt. Ich sollte den Schlüssel suchen. Er ist ein ganzes Stück neben mir hergelaufen und hat mich wie einen Hund behandelt. Und so, dass es alle hören konnten, hat er immer wieder gerufen: ›Such, Blondy, such!‹ Erst als ein älteres Paar stehen blieb und zu uns hinübersah, da hat er damit aufgehört und ist gegangen. Vorher zischte er mir zu, dass er mir zwei Stunden Zeit gibt, um den Schlüssel zurückzubringen. Sollte ich ihn bis dahin nicht gefunden haben, dann ...« Wieder sackte Caro in sich zusammen. Nach einer gefühlten Ewigkeit beendete sie ihren Satz. »»... dann fährst du mit dem Gesicht, das du jetzt hast, garantiert nicht mehr nach Hause. Du wirst dein Leben lang an mich denken!‹« Ihre Worte verschwammen zu einem unverständlichen Gestammel. Die Angst schnürte ihr die Kehle zu.

»Du meinst, er würde zum Skalpell greifen und an dir experimentieren?«, fragte Sven erschüttert.

»Das ist noch nett ausgedrückt. Er hat alles vor Ort für kleinere Operationen. Ich war zufällig in seinem Hobbyraum. So bezeichnet er seine Praxis im Keller. Da hat er eine ganze Wand voll mit Vorher-nachher-Fotos von den Frauen, die er verschönert hat. Das sind aber bestimmt nur die, mit denen er auch angeben kann. Da waren auch so widerliche Pornosachen dabei ...«, Caro schluckte und brauchte einen Moment, bis sie weiterreden konnte. »So Fotos aus dem Intimbereich. Igitt! Der hat mir erzählt, dass es genügend Frauen gibt, die nicht nur die Lippen ihres Mundes optimieren lassen wollen. Er hat auch so einen Stuhl wie beim Frauenarzt. Und natürlich hat er in seinem Keller auch jede Menge Botox und Hyaluron und Betäubungsmittel. Der könnte mir ein Fischmaul verpassen, künstliche Tränensäcke spritzen, mir die Nase brechen und eine Hakennase draus machen. Ich traue ihm inzwischen alles zu. Aber das Schlimmste kommt ja noch.« Konnte es wirklich noch ärger kommen? »Ich kann nicht zurück, um meine Sachen zu holen. Ich habe nichts mehr. Weder Papiere noch Schlüssel, kein Geld und auch kein Handy. Meine Sachen liegen alle in seiner Wohnung. Er hat mir alles abgenommen, bevor er mich losgejagt hat. Nicht einmal eine Jacke durfte ich mitnehmen. Das ist alles bei ihm.«

»Schöne Scheiße!«, brachte Gretje es mit diesen zwei Worten auf den Punkt. Sie hatte schon viel erlebt, aber jetzt stand sie bebend vor Zorn da. »Aber das schwöre ich dir, der wird mich noch kennenlernen. Und den Finderlohn, den holen wir uns auch.«

Piet kratzte sich hinterm Ohr. Er sah Onno an und sagte: »Onno! Dem Wicht muss geholfen werden. Du hast doch noch ein Zimmer frei, das gibst du ihr doch für diese Nacht, nicht wahr?«

»Jau«, meinte Gretje. Dann bildete sie einen Krisenstab. »Onno, du bist doch 'nen ollen Seebär mit 'nem großen Herz. Das machst du doch? Du gibst dem armen Wicht doch Asyl? Was zum Anziehen muss das Mädchen auch noch haben.«

»Bin doch kein Unmensch«, brummte Onno und richtete das Zimmer für sie her.

Leon verschwand kurz und kam mit einem Wollpulli und einer Jeans für Caro zurück. Ein Schlafshirt von sich bot er ihr ebenfalls an.

»Wusste doch, dass du 'nen guten Jung bist.« Und zu Caro gewandt sagte sie: »Eine saubere Unnerbüx hab ich wohl für dich. Das muss ja auch sein.« Gretje schielte zu Piet rüber, wobei ihre unzähligen Fältchen anfingen zu beben. Um Piets Mund zuckte es verdächtig, er liebte den unnachahmlichen Humor seiner Freundin. Die Ostfriesin brach in schallendes Gelächter aus, als sie in die Gesichter der anderen sah, die das Schlüpperangebot ernst genommen hatten. Bei der Vorstellung, welches Bild Caro in Gretjes Unterhosen abgeben würde, löste sich die vorhandene Anspannung urplötzlich in Heiterkeit auf.

»Gretje! Du bist aber auch der letzte Knaller! Uns so auf den Arm zu nehmen.« Julie japste nach Luft. Sie hätte sich nicht gewundert, wenn Gretje aus dem Nichts einen von ihren Feinripp-Schlüppern in Größe XXL hervorgezaubert hätte. »Ich flitze mal eben nach Hause und hole etwas Anständiges für Caro zum Anziehen. Meine Klamotten müssten einigermaßen passen.«

Die Sachen, die Julie wenig später mitbrachte, saßen wie angegossen. Weinend und lachend gleichzeitig bedankte Caro sich etliche Male für die großartige Hilfe. Das verängstigte Mädchen wirkte völlig überdreht und redete nur noch unverständliches, wirres Zeug. Plötzlich wurde sie ganz weiß im Gesicht und fing hysterisch an zu kreischen. Sie starrte auf die Vermisstenmeldung. »Dieses Foto …«, japste sie.

»Was ist denn mit dem Foto?«, fragte Leon so sanft, als wolle er ein Baby beruhigen.

»Ich bin mir ganz sicher«, stieß sie nach Luft ringend aus. »So eins hängt auch in seinem Keller. Das ist mir aufgefallen, weil das Nachher-Foto dazu fehlte. Ich hab Rob gefragt, wieso. Er hat mich ganz komisch angeguckt und mir erzählt, dass die Dame es als Erinnerung an ihre Verzauberung mitnehmen wollte. Und großzügig, wie er nun mal ist, hat er es ihr selbstverständlich überlassen.«

»Wir holen dich da raus, das glaub man. Der tut dir kein Haar krümmen. Das verspreche ich dir!«, sagte Gretje und schickte Caro mit einem Machtwort ins Bett. Dann erklärte sie ihren Freunden, dass sie nachdenken müsse.

»Kann man hier nicht mal in Ruhe den Tatort gucken?« Verärgert stellte Onno den Fernseher lauter und legte die Beine hoch. Die Flasche Bier, die zu seinem sonntäglichen Abendritual gehörte, hatte genau die richtige Temperatur. Nur die Gemüter in seinem Haus waren noch reichlich erhitzt. Genervt zeigte er auf die Tür.

»Komm mit, Piet! Lagebesprechung!« Gretje nickte ihm zu, holte etwas zu schreiben und ihre Tasche, einen Rucksackbeutel mit einem Anker darauf und einer dicken Kordel. Sie packte ihr Tablet, ihre Geldbörse und ihre Sonnenbrille hinein.

»Jau! Denn man los«, meinte Piet und stopfte sich die Hosentaschen voll.

»Soko Finderlohn, oder was wird das?«, brummelte Onno in den ersten Schuss, der gerade im Tatort fiel.

»Jau, Onno! SOKO FINDERLOHN!«

***

»Oh Mann, Piet, hast du 'ne Idee, wie wir an die Sachen von dem Mädchen kommen? Ohne dass der das merkt? Und das mit den Fotos im Keller, was die Caro erzählt hat, das sollten wir bei der Gelegenheit auch checken.«

»Du kannst ja bei dem mal anklingeln und sagen, dass der dir verraten soll, was du für deine jugendliche Schönheit noch alles tun kannst. Wegen deine Falten.«

»Hm. Ob das noch was bringt, in meinem Alter?« In Gedanken versunken schlurften die beiden am Weststrand entlang und hielten nach einem Strandkorb Ausschau. Gretje bemerkte das amüsierte Lachen in Piets Augen nicht und dachte über seinen Vorschlag nach. »Und was das wohl kosten tut?«

»Bestimmt mehrere Tankfüllungen für seinen Jaguar. Vielleicht hat der sogar zwei Tanks. Das gibt so welche.«

»Was du nicht alles weißt.« Gretje schüttelte den Kopf. »Der könnte das ja auch für umsonst machen. Anstatt von Finderlohn.«

»Jau. Ich hab da auch neulich so einen Artikel gelesen, über neue Methoden in der ästhetischen Chirurgie. Die sind aber in Deutschland noch nicht zugelassen. Damit werden die Falten glattgebügelt.« Piet grunzte, sein kehliges Lachen erschreckte ein Grüppchen Austernfischer, die mit ihren langen dünnen Beinchen grazil über den nassen Sand tippelten.

»Mensch, Gretje! Das war doch nur ein Scherz. So ein Quatsch kommt mir nicht in die Tüte! Das verbiete ich dir! Dein Gesicht ist schön so, wie das ist.«

»Ach was? Seit wann hast du mir denn was zu verbieten? Bist wohl in meine Falten verschossen?« Gretje zwinkerte ihrem besten Kumpel zu. Amüsiert nahm sie sein Schweigen wahr und auch, wie er verschämt auf den Meeresschaum an seinen Füßen starrte. Doch als er Gretje wieder in die Augen sah, die lustig zwischen dem Plissee der umliegenden feinen Linien hervorblitzten, und als er erwiderte: »Jau, das kannst du wohl so sagen. Ich bin verschossen in deine Krähenfüße, damit du das man weißt«, da verschlug es ihr die Sprache.

»Nun ist aber genug mit dem Gesülze. Wir haben schließlich einen Auftrag.« Sie zeigte auf einen Strandkorb, der etwas abseits stand, und flüsterte: »SOKO FINDERLOHN!«

Sie umkreisten die Sitzgelegenheit, vergewisserten sich, dass niemand in der Nähe im Sand lag, und beratschlagten, was zu tun wäre. Wie konnten sie es anstellen, Caros Sachen aus den Fängen des Schönheitschirurgen zu befreien und in den geheimnisvollen Kellerraum zu gelangen? Jede Möglichkeit, auch wenn sie noch so verrückt erschien, wurde gnadenlos bis ins kleinste Detail diskutiert. Zum Glück fiel ihnen nur so viel ein, dass sie die Ideen an einer Hand abzählen konnten. Andernfalls hätten sie die Nacht im Strandkorb verbringen müssen.

Schweigend sahen sie zu, wie die Sonne sich in leuchtendem Orangerot verabschiedete, und spürten die Feuchtigkeit und Kühle, die vom Meer herüberwehten. Piet gähnte herzhaft und steckte Gretje damit an. So viel Aufregung an einem einzigen Tag war den beiden alten Leutchen doch ein bisschen zu viel. Der nächste Tag würde es auch wieder in sich haben, so viel war schon mal klar.

»Jau, so machen wir das! Wird schon schiefgehen«, brachte Piet ihre Überlegungen auf den Punkt. Er faltete den Nomo zusammen und verstaute das Blättchen mit den Inselnews sowie Gretjes Notizen in ihrem Beutel. »Denn man ab nach Hause, in unsere Friesenrose! Morgen müssen wir früh raus und wieder fit sein.«

»Jau, Piet! Nimm mal!« Sie drückte ihm ihre Sachen in den Arm. »Vorher gehe ich aber noch 'ne Runde schaukeln.«

Er wusste, dass es keinen Sinn machen würde, seine Freundin von diesem Vorhaben abzubringen. Er schüttelte den Kopf, murmelte etwas Unverständliches und folgte ihr zum Spielplatz, der vom fahlen Licht des Vollmonds erhellt wurde.

Gretje setzte sich in die Schaukel, hielt sich an beiden Seiten fest und trippelte mit den Fußspitzen über den Sand, bis Piet sie leicht anschubste.

»Das geht ja immer noch!«, juchzte sie, lehnte sich zurück, streckte die Beine aus und schaukelte mit seligem Lächeln immer höher. Piet schaute ein Weilchen zu. Dann bremste er sanft ab, reichte ihr die Hand und drängte darauf, den Heimweg anzutreten.

»Dass ich das noch mal erleben darf!«, freute Gretje sich. »Bei Vollmond am Meer und schaukeln. Junge, Junge, Junge!«

Glückselig hakte sie sich bei Piet ein und gemächlichen Schrittes schlenderten die beiden über die Strandpromenade zurück. Über ihren Plan verloren sie kein Wort mehr. Man konnte ja nie wissen, ob es nicht unerwünschte Zuhörer gab.

Kapitel 5

Onno kontrollierte, ob der Korb auf Gretjes Drahtesel fest verankert und das Rad für Piet fahrtüchtig war. Erst nach dieser Inspektion durften sie damit zu dem schnieken Häuschen des Rob van Geldern aufbrechen. Sie hatten Onno in der letzten Nacht noch in ihren Plan eingeweiht und Julie auch. Gretje übermittelte per Klönschnack, wie sie ihre Sprachnachrichten bei *WartsAb* nannte, alle notwendigen Informationen.

»Moin!« Caro rieb sich die Augen und gähnte. Neugierig lief sie im Pyjama vor die Haustür und beobachtete, was dort los war. »Ich habe so gut geschlafen wie seit Langem nicht mehr. Ihr seid alle so lieb zu mir. Soll ich Frühstück machen?«

»Sch, sch, sch! Nun aber mal schnell wieder rein mit dir! Du willst doch nicht, dass dich jemand sieht?« Mit einer Handbewegung, die wirkte, als wollte sie Hühner verscheuchen, hielt Gretje das Mädchen von der Straße fern. »Wir haben hier alles unter Kontrolle. Gleich geht's los.«

»Mit Frühstück sind wir längst fertig! Hast ordentlich verpennt, siehst noch ganz verstrubbelt aus«, begrüßte Onno seinen Gast. »Für dich ist Halbpension mit drin, ich mach dir was. Und ich trink noch 'nen Tee mit dir. Hab aber auch Kaffee da.«

Caro zwängte sich rasch an Onno vorbei, zurück ins Haus. In ihren Augen flackerte schon wieder Panik auf.

Die Jann-Berghaus-Straße zog sich lang hin. Gretje und Piet radelten am Wasserturm vorbei und dann noch ein Stückchen weiter. Hier irgendwo musste es sein. Piet war baff erstaunt über Gretjes hervorragende Ortskenntnisse.

»Und das alles ohne Navi! Mannomann!«

»Das hab ich alles da oben abgespeichert.« Sie tippte sich an die Stirn. »War ja oft genug hier und hab die Post verteilt. Was 'nen guten Briefträger ist, der vergisst das nich. Die Straßen haben sich ja nicht verändert, sind nur andere Namen an den Klingeln und ganz schön viele neue Häuser.«

»Denn muss ich mir ja keine Sorgen machen, dass du nicht wieder in unsere Friesenrose zurückfindest.«

»Nee!«

Gretje stieg ab, gab Piet ein Zeichen, es ihr gleichzutun, und verschwand mit ihm hinter einem Mauervorsprung.

»Da! Das ist es!« Sie zeigte auf einen Carport, in dem ein dunkler Jaguar stand.

Gretje sah sich um, schrieb Julie eine Nachricht und merkte sich die Uhrzeit. Es war kurz nach zehn, eine Zeit, zu der Rob van Geldern wahrscheinlich noch nicht unterwegs war. Das hofften die beiden zumindest.

Entschlossen drückte Piet auf den Klingelknopf, sein Tablet mit der Bürgerbefragung hielt er in der anderen Hand. In aller Herrgottsfrühe hatte er zusammen mit Leon und Gretje einen Fragebogen erstellt und sich für seine Aufgabe als Meinungsforscher gut vorbereitet.

Gretjes Blicke konnte er nicht sehen, aber er fühlte sie. Zu wissen, dass sie in der Nähe war, stärkte ihm den Rücken. Immer wieder hatte sie ihm versichert, dass er wie eine echte Amtsperson ausschaute. Was sollte also schiefgehen? Piet wollte sich noch einmal durch die Haare fahren, als er in der Bewegung innehielt. Er hatte sich für seinen Auftritt ja extra einen anständigen Scheitel gezogen und wollte die Frisur nicht durcheinanderbringen. Hinter der Tür hörte er Geräusche und klingelte ein zweites Mal.

»Na endlich, Blondy! Das wird aber auch langsam Zeit, dass du nach Hause kommst!«, brüllte ein attraktiver Mittfünfziger ihn an. Mit in die Hüften gestemmten Händen versperrte er den Zutritt und schob ein freundlicheres »Moin« hinterher. »Entschuldigen Sie, ich habe jemand anderes erwartet.« Es schien ihm unangenehm zu sein, dass er so aufbrausend reagiert hatte. Er war sichtlich irritiert.

»Moin! Das habe ich mir gedacht. Ich will Sie auch nicht lange aufhalten.« Piet sah seinem Gegenüber fest in die Augen, er ließ sich so schnell nicht einschüchtern. »Wenn ich mich kurz vorstellen darf, mein Name ist Peter Hansen und ich bin im Namen der Kurverwaltung beauftragt, die angekündigte Bürgerbefragung durchzuführen.« Piet zog ein Kärtchen aus seiner Brieftasche, wedelte damit vor Robs Nase herum und steckte es schnell wieder ein.

»Ach ja? Bürgerbefragung?« Rob blickte gen Himmel, als ob die Lösung dort geschrieben stand. »Ich hatte da neulich was gelesen, aber ganz ehrlich, ich habe mir das nicht gemerkt. Um was geht es denn?«

»Wenn ich einen Moment hereinkommen darf?« Piet zeigte auf sein iPad. »Der Fragebogen ist digital und bei dem Licht hier draußen ist das schwer zu erkennen.« Er setzte einen Fuß in die Tür und mit vertrauenswürdigem Blick hielt er Rob sein iPad unter die Nase.

»Dann kommen Sie mal herein. Ist mir ja ein bisschen peinlich, diese Unordnung hier.« Gepäckstücke und anderer Kleinkram lagen an der Garderobe verstreut herum. Piet erfasste mit einem Blick, dass Caros Handy und ihre Geldbörse oben auf einem Schränkchen deponiert waren. Ein Rob van Geldern schützte sein Mobiltelefon bestimmt nicht mit einer Glitzerhülle in Pink und die Geldscheine des Herrn konnte Piet sich beim besten Willen nicht in einem rosaroten Portemonnaie mit einem Fellbommel vorstellen.

»Das ist doch noch keine Unordnung!«, beruhigte Piet ihn. »Was glauben Sie wohl, was ich bei meinen Befragungen alles zu sehen bekomme.«

Der Chirurg schloss die Tür hinter Piet und bot ihm einen Kaffee an. »Also, worum geht es denn nun? Es will mir beim besten Willen nicht wieder einfallen. Ich habe auch gerade ganz andere Sorgen, aber damit will ich Sie jetzt nicht belästigen.«

»Also«, fing Piet etwas holperig an, räusperte sich und sagte dann mit fester Stimme: »Es ist eine Befragung zu den Liebesschlössern.«

»Liebesschlösser?« Mit süffisantem Unterton und einem seltsamen Blick in seinen eisblauen Augen wiederholte Rob van Geldern das Wort.

»Na ja, Sie wissen schon, die Vorhängeschlösser mit eingravierten Namen darin. Die Verliebten befestigen sie ja überall auf der Insel. Das hat mächtig zugenommen mit den Dingern. An allen möglichen und unmöglichen Stellen hängen die jetzt rum.«

»Ach die! Ich dachte schon …« Was er dachte, wollte Piet nicht wirklich wissen, das Grinsen in dem glatten Gesicht verriet mehr als genug. Piet kannte diesen Blick, wenn eindeutig zweideutige Scherze die Runde machten. Er selbst konnte sich davon leider auch nicht ausnehmen. Wenn er in der richtigen Stimmung war, steuerte er auch den ein oder anderen Witz bei.

»Also, fangen wir mal der Reihe nach an. Punkt eins: Was halten Sie von den Liebesschlössern? Stören Sie sich daran? Stimmen Sie zu, dass sie von der Kurverwaltung beseitigt werden sollten? Sind Sie dagegen? Oder haben Sie dazu keine Meinung?«

»Diese albernen, rostigen Dinger!«, erboste sich Rob. Piet setzte das Kreuzchen an die entsprechende Stelle. Er war bereits viel zu lange in dem Haus, fand er. Gretje wartete bestimmt schon ungeduldig.

»Das ist ja mal 'ne klare Aussage. Dann wollen wir mal schnell weitermachen.« Piet sah sich um. »Ich will Sie ja nicht unnötig in Beschlag nehmen. Sie erwarten noch eine Kundin?«, fragte er und zeigte auf die Spritzen und Ampullen, die neben Robs Kaffeetasse fein säuberlich aufgereiht lagen.

»Die Dame müsste längst hier sein.« Der Chirurg schaute ärgerlich auf seine Uhr, die auch Termine und Mails speicherte. So ein Modell hätte Piet auch gern gehabt, aber er konnte sich nicht so recht entscheiden.

»Ja, wie Sie sehen, habe ich schon alles vorbereitet. Aber wie es scheint, hat die Dame mich versetzt.«

»Na ja«, lenkte Piet ein. »Kann doch sein, dass die Kundin im letzten Moment doch noch Zweifel hat? Oder einfach nur Angst vor Spritzen? Aber mal ganz ehrlich, ich bin da nicht so auf dem Laufenden, was die Weiber alles anstellen, nur um uns zu gefallen.«

»Also, spritzen kann ich. Das merken die meist gar nicht. Alles Übungssache!« Er zeigte auf die spitzen, feinen Kanülen und erzählte, dass mit seiner Hilfe jede, also wirklich jede Frau eine wahre Schönheit werden könnte. Piet hörte aufmerksam zu und dachte sich seinen Teil. Er wurde allmählich ungeduldig, irgendwie musste Gretje ins Haus kommen. Nun demonstrierte Rob ihm tatsächlich, wie er eine Spritze mit Hyaluron aufzog. Ehe Piet wusste, was los war, fuchtelte Rob van Geldern mit dem Ding vor seiner Nase herum.

»Ich hab da neulich gelesen …«, glänzte Piet mit seinem Wissen aus der Apothekenzeitung und fragte sein Gegenüber arglos, ob er die neuen Methoden schon praktizieren würde.

Rob van Geldern sah ihn abschätzend an, nahm eine der Spritzen zur Hand und zog sie ganz langsam auf. »Diese böse Zornesfalte hier oben«, er tippte auf Piets Stirn, »die will ich Ihnen mal etwas aufpolstern. Dann sehen Sie gleich viel freundlicher aus. So wie Sie doch auch sind! Für Sie, Herr Hansen, mache ich das heute sogar gratis.«

Entsetzt sprang Piet zurück und hielt schützend sein Tablet vors Gesicht.

»Das ist ja gut gemeint, Herr van Geldern, aber ich lebe schon so lange mit meinen Falten, die habe ich richtig lieb gewonnen.«

»Keine Angst«, beschwichtigte er nun lachend. »Ich sichere mich immer gut ab, nicht, dass ich später Klagen am Hals hab. Ist zwar noch nie passiert, aber man kann ja nicht vorsichtig genug sein. Ohne eine schriftliche Einverständniserklärung mache ich natürlich nichts.« Mit einem teuflischen Lächeln legte Rob die Nadel beiseite. Er weidete sich an Piets panischer Reaktion und fing dann laut an zu lachen. »Wir Kerle haben das auch echt nicht nötig«, meinte er kumpelhaft. »Auf eine

Falte mehr oder weniger kommt es bei uns doch nicht an. Die lassen uns höchstens interessanter aussehen. Hansen, das ist die richtige Einstellung! Sie gefallen mir. Die Weiber sind doch verrückt! Die immer mit ihrem Optimierungswahn. Soll ich Ihnen mal verraten, was die sich noch so alles optimieren lassen?«, fragte er kumpelhaft.

»Ich glaube, wir sollten lieber mit der Umfrage fortfahren.« Piet erinnerte sich an seinen Auftrag und erklärte dem Schönheitsspezialisten, dass er nun die Liebesschlösser rund um das Haus erfassen müsste.

»Na, denn man los. So groß ist das Häuschen ja nicht. Die Preise hier auf Norderney … ich sag Ihnen, da muss man schon Millionär sein, damit man sich was Größeres leisten kann. Aber bald …«, er senkte die Stimme, »entsteht hier eine moderne Schönheitspraxis. Psst. Das ist noch top secret. Es fehlen nur noch ein paar Unterschriften.«

»Haben Sie was gesagt?«, erwiderte Piet mit treuherzigem Blick und folgte dem millionenschweren Typen nach draußen. Die Tür ließ er einen Spaltbreit offen, dann fing er links am Zaun an, nach Liebesschlössern zu suchen.

»Hier dürfte eigentlich nichts zu finden sein«, sagte der Chirurg und führte seinen Gast zu einem Carport, unter dem auch zwei Wagen Platz hatten. Ein tiefblauer Jaguar mit Metalliclackierung parkte da und brachte Piets Augen zum Leuchten.

Anerkennend pfiff er durch die Zähne. Der Schlitten war ein Traum von einem Auto. Ehrfürchtig strich er über den Kotflügel und schaute durch die Seitenscheiben ins Innere des Wagens. »Wow! Das ist ja mal ein anständiger Straßenkreuzer. Wie viel PS hat der denn?«, vertiefte er das Gespräch und schickte ein Stoßgebet zum Himmel. In der Seitenscheibe spiegelte sich Gretjes Kontur, die auf leisen Sohlen in Robs Haus schlich.

»Dreihundert!«, trumpfte Rob mit den Pferdestärken auf und streichelte das Auto mit verliebtem Blick. Auf Piets Frage, ob er einmal darin probesitzen dürfe, verfinsterte sich seine Miene.

»Mensch Hansen, mit Ihnen würde ich sogar einmal über die ganze Insel fahren. Aber da gibt es momentan ein riesiges Problem.«

»Ach was? Ist der Tank leer?«, fragte Piet.

»Vollgetankt!« Rob presste das Wort zwischen den Zähnen hervor, drehte sich zu Piet um und lamentierte über das Missgeschick, dass er den Schlüssel verloren hätte.

»So was Dummes aber auch! Haben Sie denn eine Ahnung, wo Sie ihn verloren haben könnten?« Piet drängte Rob etwas zur Seite und schaute angestrengt auf die Autoscheibe. Wenn ihn nicht alles täuschte, war Gretje noch nicht wieder herausgekommen.

»Ich???« Der Schönheitschirurg holte tief Luft. »Die dusselige Schlampe hat nicht drauf aufgepasst. Dabei habe ich ihr extra noch gesagt: ›Baby … Baby‹, hab ich gesagt, ›pass auf den Schlüssel auf.‹ Und was macht sie? Treibt sich die halbe Nacht herum und verliert ihn …«

Plötzlich hob Rob den Kopf, lauschte und sprintete ins Haus. Ein Handy klingelte, der Ton wurde immer schriller und nervte.

Verflixt noch mal! Müssen die Dinger denn immer im falschen Moment losgehen?, dachte Piet und eilte ebenfalls zum Haus. Von drinnen hörte er Rob aufs Übelste schimpfen. Er telefonierte nicht, er machte Gretje fertig. Ihre Stimme klang schon ganz weinerlich.

»Hansen!«, rief Rob ihm zu. »Guck dir das an, Hansen! Die Alte wollte bei mir einbrechen. Ich habe sie auf frischer Tat ertappt! Hier im Gäste-WC. Eine Zahnbürste hat sie geklaut!« Er zeigte auf Gretjes Hand, die er mit eisernem Griff umklammert hielt.

»Nun seien Sie mal nicht so streng zu der alten Dame. Hören wir uns doch erst einmal an, was sie zu ihrer Verteidigung zu sagen hat.« Unmerklich zwinkerte Piet ihr zu. Er vertraute auf

Gretjes Schlagfertigkeit und ihren Einfallsreichtum. Als Rob nichts hinzufügte, fuhr Piet fort. »Dann erklären Sie uns jetzt doch mal, was Sie hier zu suchen haben. Sie wollten doch bestimmt keine Zahnbürsten stibitzen?«

Mit der rosa gestreiften Zahnbürste, die Gretje wie eine Trophäe festhielt, blinzelte sie eine Träne zwischen ihren Knitterfältchen hervor. Wie ein ertappter Sünder blickte sie zu dem Schönheitschirurgen auf, dem sie noch nicht einmal bis zur Schulter reichte. Dann fing sie in ihrer Mundart an zu schnacken. »Das hab ich doch gar nicht gewollt, das mit dem Einbrechen.« Sie trat noch einen Schritt näher an den Hausherrn heran und senkte verschämt die Stimme. »Aber das war doch nun man so, dass die Tür offen stand und dass ich so nötig aufs Klo musste. Und ich hab noch geguckt und gerufen, aber da hat ja keiner was gesagt und dann bin ich rin.«

»Ach? Und dann geht man einfach so …« Mit erhobenem Zeigefinger schaute Rob auf die kleine Person herab, doch Gretje ließ sich davon nicht einschüchtern. Piet war ja bei ihr, auch wenn sie sich nicht anmerken ließen, dass sie sich kannten.

»Oh Mann, wenn du pinkeln musst, dann musste pinkeln. Wenn du erst mal so alt bist wie ich, dann kannst du das auch verstehen, dann kannst du das nicht mehr so lange aufhalten. Nun ist es ja auch man gut.« Ein erleichterter Seufzer entrang sich ihrer Brust.

»Und was wollen Sie mit der Zahnbürste?«, hakte Rob nach. Sein Gesichtsausdruck wurde etwas milder, obwohl Piet davon überzeugt war, dass der Schönling nicht alles, was Gretje erzählte, verstanden hatte.

»Na was wohl? Nix eigentlich! Aber das ist so 'ne schöne, knallige Farbe, da hab ich gedacht, die wär was zum Putzen. So für zwischen die Fugen von die Fliesen. Weißt du? Könntest du auch mal wieder machen!« Piet verkniff sich ein Grinsen, als Gretje mit den Augen durch den Raum wanderte, Rob die Zahnbürste zurückgab und ihm eine Münze in die Hand drückte. »Hier, fürs Pipimachen!«

Rob van Geldern starrte Gretje an wie ein Gespenst. Seine schmalen Lippen öffneten sich, dann klappte sein Mund wieder zu.

»Können Sie behalten. Und wenn Sie einen Job zum Putzen suchen, können Sie gleich bei mir anfangen.«

»Hab nur 'ne halbe Stunde Zeit. Da könnte ich wohl ein bisschen für Ordnung sorgen. Kostet aber! Ich mach das nicht für'n Appel und 'ne Zahnbürste.«

Rob zückte sein Portemonnaie und blätterte in den Scheinen.

»Hab's nicht kleiner!« Er wedelte mit einem Fuffziger herum.

»Das macht nix! Passt schon. Wo soll ich anfangen?« Gretje blickte auf die Uhr und zeigte auf das Chaos im Eingangsbereich und die herumliegenden Spritzen.

»Donnerwetter!« Rob war beeindruckt von ihrer Spontanität. »Sie machen aber Nägel mit Köpfen. Wie heißen Sie eigentlich?«

»Nicht lang schnacken, besser gleich anpacken!«, konterte Gretje. »Kannst mich Gretje nennen«, bot sie an und scheuchte die beiden Männer wieder vor die Tür. Jetzt konnte sie in aller Ruhe aufräumen und für Ordnung sorgen.

»Die Olle, die schickt ja der Himmel!«, raunte Rob Piet zu und tippte sich an die Stirn.

»Jau!«, stimmte er ihm zu und dachte im Stillen: *Wenn du wüsstest! Der Himmel schickt dir nicht immer einen Engel.* Mit glänzenden Augen schlich er um den Jaguar, ein XE-Modell, herum und bombardierte dessen Besitzer mit Fragen, die dieser in aller Ausführlichkeit beantwortete. Unauffällig behielt er den Eingangsbereich im Auge. Schwer bepackt mit dem Müll einer ganzen Woche sowie einer handlichen Reisetasche mit Sternenprint sah er Gretje an den Abfalltonnen.

»Nun müssen wir aber noch weiter nach den Schlössern gucken. Ich will Sie ja nun wirklich nicht zu lange aufhalten.« Piet tippte wieder etwas in sein Tablet ein und schritt den Zaun ab. Der Chirurg indessen kontrollierte den Bereich neben dem Briefkasten.

»Hier!« Rob lief rot an und hyperventilierte beinahe. »Hansen, sehen Sie sich mal diese Schweinerei an! Das ist ja wohl das Allerletzte, eine richtige Sauerei! Das hing gestern noch nicht hier.« Er winkte Piet zu sich und zeigte auf ein glänzendes Schloss, auf dem *Rob – Du Arsch* eingraviert war.

»Nee, so was aber auch! Wer macht denn solche Sachen? Da muss sich aber wer in der Adresse geirrt haben. So ein netter Mensch, wie Sie das sind!« Die Worte gingen Piet spielend über die Lippen. Er setzte seine amtliche Miene auf, machte eine entsprechende Notiz und fotografierte das Schloss. »Für meine Dokumentation. Damit das so schnell wie möglich entfernt wird.«

»Das muss als Erstes erledigt werden. Also bitte! Veranlassen Sie das, Hansen!«

»Ich will mal sehen, was ich tun kann. Aber ich kann nichts versprechen. Das geht ja der Reihe nach.« Rob stand kurz vorm Infarkt. Er griff sich an die Brust, flüsterte »Das wirst du mir büßen!« und zückte wieder seine Brieftasche. Er hatte es immer noch nicht kleiner und zog einen weiteren Fuffziger hervor.

»Da wird sich doch bestimmt was machen lassen, nicht wahr, Hansen?«

Piet zögerte einen Moment. War das Bestechung? Und wenn schon, dachte er und steckte den Schein in seine Tasche. Er versprach, sich höchstpersönlich um diese Angelegenheit zu kümmern.

»Wie lange bleiben Sie denn noch auf der Insel?«

»Sobald ich den Autoschlüssel zurückhabe, muss ich nach Hause. War so schon schwierig genug, die ganzen Termine zu verlegen. Aber meine Mädels in der Praxis, die haben das ganz gut im Griff. Nur die Fürstin von …«, er senkte die Stimme und murmelte unter dem Siegel der Verschwiegenheit den Namen einer Prominenten, die aus der Klatschpresse den Bekanntheitsgrad einer Fußballlegende genoss, »die macht mir die Hölle heiß.«

»Was wird denn hier getuschelt?« Gretje schaute interessiert von einem zum anderen. Sie war mit ihrer Arbeit fertig.

»Nichts für neugierige ältere Damen. Nun, Gretje, alles sauber und ordentlich?«

»Jau! Müll entsorgt, aufgeräumt, Waschbecken und Küchenspüle poliert. Aber den Keller hab ich nicht mehr geschafft in der kurzen Zeit. Nun kannst du wieder Besuch empfangen. Ich bin denn mal weg. Oder willst du dich erst noch davon überzeugen, dass ich das gut gemacht habe?«

»Wird schon passen, Gretje!« Rob gab ihr seine Karte und schaute zu, wie sie seinen Slogan las. *Jede Frau ist schön! Mit meiner Hilfe*, stand in schwungvollen Buchstaben auf edlem Papier geschrieben. »Also …« Rob betrachtete sie eingehend. »Wenn Sie mal was machen lassen wollen, es ist auch für Sie noch lange nicht zu spät.«

»Das kann ich bestimmt nicht bezahlen, kiek mich doch mal richtig an!«

»Da finden wir bestimmt eine Lösung. Bin doch kein Unmensch!«

»Lass man gut sein, Junge. Für so was, da hab ich keine Kohle übrig. Auf meinem Sparbuch, da ist nur das Geld für meine Beerdigung. Und mein Häuschen …«

Bei dem Wort »Häuschen« wurde Rob sofort hellhörig. »Wo steht denn Ihr Häuschen? Vielleicht könnten wir ja damit was machen? Ich meine …«

Piet verfolgte die Unterhaltung und betete im Stillen, dass Gretje sich nicht um Kopf und Kragen reden würde. Dem Schlitzohr von einem Arzt, dem traute er alles zu.

»Nee, das ist nix für so einen feinen Doktor, wie du das bist. Das ist nicht auf der Insel, das ist mitten in Ostfriesland. Ganz einsam, in Rhauderfehn. Da hört einen kein Schwein.« Gretje zeigte auf die Uhr, sie hatte es eilig.

»Danke, Gretje!«

»Da nicht für!«, erwiderte sie.

»Aber wenn Sie sich das doch noch einmal anders überlegen sollten, dann rufen Sie mich an. Ich bin jederzeit für eine so reizende Dame, wie Sie das sind, da.«

»Jau! Und tschüss!« Sie schulterte ihren Rucksackbeutel, ging um die Ecke und radelte durch eine Nebenstraße davon. Piet lächelte ihr hinterher, er ahnte, was alles in dem Beutel verschwunden war. Wenig später machte er sich auch auf den Rückweg.

»Der Schlüssel wird bestimmt bald auftauchen. Hier geht nichts verloren. Es sei denn …« Piet packte seinen Tablet-PC ein und schaute ernst drein.

»Wie? Was meinen Sie denn damit, Hansen?«

»Na ja, sagen wir mal so … Ich drück Ihnen die Daumen, dass der Schlüssel nicht vom Meer weggespült worden ist oder von einer Möwe verschleppt wurde.«

Kapitel 6

Pfeifend trat Gretje in die Pedale. Das war ja weitaus besser gelaufen, als sie erwartet hatte. In aller Ruhe hatte sie sich umsehen und Caros Sachen einpacken können. Natürlich hatte sie auch den Keller inspiziert und mit dem Handy alles fotografiert, was sie für wichtig hielt. Caros dramatische Schilderungen waren nicht übertrieben gewesen, das Mädchen hatte keine Märchen erzählt. Das Vorher-Foto, von dem Caro gesprochen hatte, zeigte eine Frau, die Britt Meinders verdammt ähnlich sah. Auch die pornografischen Aufnahmen gab es wirklich in einer nicht sofort einsehbaren Ecke. Gretje Blom hätte sich gern noch ein bisschen mehr umgesehen und zu Hause in Rhauderfehn beim Kopptraining erzählt, was ein Millionär an Vorräten im Weinkeller und in den Regalen lagerte. Aber dazu reichte die halbe Stunde zum Putzen natürlich nicht aus. Erst als Gretje mit der Recherche fertig war, hatte sie ein wenig Ordnung geschafft. Das Nötigste halt, nach außen wirkte alles tipptopp, man durfte nur nicht genauer hinsehen. Aber das passte zu dem Herrn Doktor. Sie hatte keine besonders gute Meinung von ihm. Außen hui und innen pfui.

Mittlerweile war es kurz nach zwölf, Onno würde heute mal auf sein Mittagessen verzichten müssen. Spätestens um zwei musste sie wieder in der Friesenrose sein. Julie und Sven wollten sie dann abholen und mit ihr zum Flugplatz fahren.

Tut Onnos Bäuchlein mal ganz gut, dachte Gretje, wendete kurz entschlossen und schob mit ihrem Rad über den Friedhof. Vorbei an den Gräbern steuerte sie auf einen lebensgroßen Engel zu, der weiter hinten in einer Ecke seit vielen Jahren Ruhe und Zuversicht ausstrahlte. Bei der Skulptur hatte sie Trost gefunden nach Freddys Tod und ihn immer mal wieder aufgesucht, wenn sie auf der Insel aushalf.

***

Alle naselang schaute Julie auf ihr Handy. Noch immer zeigte es keine Nachricht von Gretje an. *Alles in Butter*, das war die letzte Meldung von ihr, seitdem war aber schon mehr als eine Stunde vergangen.

In allen Einzelheiten gab Piet seine Begegnung mit Rob zum Besten. Er schilderte den Verlauf der Bürgerbefragung und auch, wie der feine Herr sich über das Schloss an seinem Zaun geärgert hatte. Onno hatte die Inschrift in der letzten Nacht eigenhändig eingraviert und freute sich diebisch über den Erfolg. Caro wurde jedes Mal ganz bleich und fing an zu zittern, sobald Robs Name fiel. Julie versicherte ihr mit einer Engelsgeduld, dass alles wieder gut werden würde. »Gretje macht das schon«, sagte sie.

»Wo kann Gretje denn nur stecken?«, dachte Piet laut. Eine gewisse Unruhe erfasste ihn. Mit der Reisetasche auf dem Gepäckträger war sie davongeradelt, außerdem kannte sie sich auf der Insel gut aus. Verfahren hatte sie sich garantiert nicht. »Ich rufe bei ihr mal an«, sagte er und ließ es lange klingeln. Sie ging nicht ran. Ob sie vergessen hatte, das Handy wieder einzuschalten?

»Ich hab ihr auch schon drei Nachrichten geschickt«, meinte Julie besorgt. »Die beantwortet sie eigentlich immer sofort. Sie weiß doch, dass wir um drei den Rundflug gebucht haben. Ihr wird doch hoffentlich nichts passiert sein?« Julie hypnotisierte ihr Smartphone wie eine Katze die Maus, nebenbei redete sie in beruhigendem Singsang auf Caro ein. Vielleicht wollte sie sich auch selbst damit besänftigen, ihre Flugangst konnte sie nicht mehr verdrängen.

»Dann werde ich jetzt die Strecke abfahren«, verkündete Onno entschlossen. »Dat Wicht wird doch nicht mit der Kohle und mit Caros Klamotten von der Insel verschwunden sein!« Er rückte seine Mütze zurecht, knurrte etwas, das sich wie »Mittagessen« anhörte, und sagte zu Piet: »Na los, worauf wartest du noch? Du kommst mit.«

»Jawoll, Käpt'n!« Piet schlug die Hacken zusammen und trottete brav hinter Onno her.

Nebeneinander radelten Piet und Onno langsam durch die Hauptstraße Richtung Wasserturm. Das Klingeln der anderen Radfahrer und das Schimpfen mancher Touristen, die ihnen Verkehrsbehinderung nachriefen, prallten an ihnen ab. Piet behielt die rechte Straßenseite im Blick und Onno die linke. Am Busbahnhof bremste Piet scharf, ihm war etwas eingefallen.

»Sag mal, Onno, hier in der Nähe muss doch auch irgendwo der Friedhof sein. Gretje hat öfters von einem großen Engel erzählt, der dort steht und den sie gern leiden mag. Vielleicht …«

Onno griente und winkte nach links. »Da vorne, das ist er. Stimmt, Mann, das hab ich ganz vergessen. Da ist die Gretje oft gewesen. Anfangs, als unser Freddy in Neptuns Reich eingegangen ist.«

»Was sagst du da? Wie meinst du das denn?«

»Oh Mann! Nachdem Freddy gestorben ist. Seebestattung!«

»Aha, verstehe!«

Der vordere Teil des Friedhofs lag gut einsehbar vor ihnen. Besagter Engel wachte in der hinteren Ecke über die Gräber.

»Denn wollen wir mal!« Die beiden Männer nickten sich zu, öffneten die Pforte und schauten sich um. Bei dem Engel konnten sie Gretje nicht entdecken, aber aus einer anderen Ecke klangen Stimmen zu ihnen herüber.

»Pst!« Piet legte einen Finger auf die Lippen, stand still und lauschte. »Hörst du das auch?« Schnurstracks lief er in die Richtung, aus der die Geräusche kamen.

»Da! Da hinten.« Mit langen Schritten rannte er durch die Reihen, zwischen den Gräbern hindurch. Auf einer Bank saß Gretje zusammengekauert und weinte. Neben ihr stand ein uniformierter Polizist, der ihr ein Taschentuch reichte.

»Mann, Jan, was machst du denn mit der Gretje?«, fuhr Onno den Beamten an. Piet redete auf den Gesetzeshüter ein und versicherte ihm, dass Gretje die Sachen wirklich nicht

55

gestohlen hätte. Gretje hörte augenblicklich auf zu weinen, gab Piet Zeichen, dass er den Mund halten solle, und warf ihm vernichtende Blicke zu.

»Was haben Sie da gesagt? Die Dame führt Diebesgut mit sich?«, fragte der Polizist schmunzelnd und wollte Gretjes Reisetasche auf dem Gepäckträger untersuchen. »Haben Sie etwa eine Bank ausgeraubt? Ich darf ja mal einen Blick in die Tasche werfen!«

»Oh Mann, Jan!«, sagte Gretje. »Das ist nicht das, was du denkst! Aber das ist ja gut, dass ich dich hier treffe. Ich hab nämlich eine brandheiße Neuigkeit für die Polizei. Und außerdem glaubst du doch wohl selbst nicht, dass so eine alte Postlerin und Beamtin, wie ich das bin, jemals in Versuchung käme, so was Kriminelles zu tun?« Mit engelsgleicher Miene guckte sie ihn an, aber er ließ sich nicht von seinem Vorhaben abhalten.

Piet schlug sich die Hand auf den Mund. Hätte er bloß nichts gesagt. Er sah auf die Uhr und erschrak. In einer halben Stunde sollte es losgehen zum Flugplatz.

Jan zog den Reißverschluss auf, nahm ein Glitzertop aus der Tasche, hielt es in die Höhe und schüttelte den Kopf. »Gretje, Gretje! Was soll ich denn davon halten? Das musst du mir erklären!«

»Nun pass mal auf, Jan«, mischte Onno sich ein. »Die Gretje, die wird jetzt ganz dringend erwartet. Ich kann dir das wohl alles erklären.« Onno setzte sich zu Gretje auf die Bank und legte kurz und knapp die Sachlage dar. Piet verständigte Julie, dass sie Gretje gefunden hatten, dass es ihr gut ging und der Rundflug wie geplant durchgeführt werden könnte.

Gretje atmete erleichtert auf und kehrte noch einmal zurück zu dem Grab ihrer Kollegin Frauke. »Dass aus deinem Jungen so ein feiner Mann geworden ist, das hab ich nicht gewusst. Kannst stolz sein auf deinen Jan.« Wieder tupfte sie sich eine Träne ab und schob mit ihrem Rad zum Ausgang.

Onno erzählte dem Inselpolizisten Caros Geschichte von dem verlorenen Schlüssel. Dabei schmückte er sie natürlich noch ein bisschen aus.

»Mann, Onno, jetzt hast du aber ordentlich Seemannsgarn gesponnen.« Er bestand darauf, Caro zu vernehmen, die Schilderungen klangen ihm zu abenteuerlich. »Ich sage auf der Wache Bescheid und komme dann nach.«

»Wenn du meinst. Weißt ja, wo ich wohne. Das arme Ding hab ich letzte Nacht bei mir in Zimmer fünf einquartiert. Und Gretje und Piet wohnen auch da. Bei mir, meine ich. Das sind meine Gäste«, fügte er unnötigerweise hinzu.

Bei Caro setzte Schnappatmung ein, als Gretje ihr die Reisetasche, das Handy sowie ihre Geldbörse mit sämtlichen Papieren in die Hand drückte.

»Gretje, du bist ein Engel. Ich weiß gar nicht, wie ich dir danken soll. Du hast mir das Leben gerettet.«

»Aber … ich habe noch nicht alles erzählt … da war … diese Leiche.«

»Was für eine Leiche?«, fragte Gretje alarmiert.

Caro drückte ihre Reisetasche fest an sich. Sie schluckte. Es fiel ihr offensichtlich schwer, darüber zu reden. »Ich bin mir nicht sicher, ich hatte ja ein bisschen viel getrunken. Vielleicht hab ich mir das auch nur eingebildet. Aber bei der Frau aus der Zeitung, da bin ich mir ganz sicher, dass es das Foto war.«

»Ja. Das hab ich auch gesehen.« Gretje legte den Arm um Caro und fragte, wo sie die angebliche Leiche denn gesehen hätte.

»In seiner Kühltruhe, im Keller!«, antwortete sie wie aus der Pistole geschossen. Verzweifelt sah sie Gretje an, sie war schon wieder den Tränen nahe. »Ich hatte so einen Hunger, als ich nach Hause gekommen bin, und im Kühlschrank stand nur noch eine Flasche Sekt. Da hab ich gedacht, ich guck mal, ob er eine Pizza in seiner Truhe hat. Aber da war nur Gemüse drin und beutelweise Eiswürfel. Ich hab da durchgewühlt und dann hab ich da so ein unförmiges Teil gesehen. Der Deckel ist mir aus der Hand gerutscht und ich hab mich nicht getraut, noch einmal reinzuschauen. Aus lauter Verzweiflung hab ich dann den Sekt gekillt.« Sie schluchzte laut auf und suchte Gretjes Blick. »Aber das kann auch alles nur eine Halluzination gewesen sein. Weil ich mir so doll Pizza gewünscht habe. Vielleicht war das doch nur ein Stück Wild. Das kann doch sein, oder?« Caros Kopf sank auf Gretjes Schulter. Sie wimmerte erbärmlich und wollte wissen, ob Gretje sie für verrückt hielt.

»Ach was! Du bist nur ein verängstigtes Häschen. Aber das ist ja auch kein Wunder, nach dem, was du durchgemacht hast.«

»Wie geht das denn jetzt weiter? Wann kann ich endlich runter von der Insel?«

»Nun man ruhig Blut.« Gretje holte den Fünfzig-Euro-Schein fürs Putzen aus der Tasche und gab ihn Caro. »Damit du auch gut nach Hause kommst. Ich will dich hier nicht mehr sehen, wenn wir von unserem Rundflug wieder da sind! Auch wenn du eigentlich ein nettes Wicht bist.«

»Aber Gretje«, rief Caro überwältigt von so viel Güte. »Das kann ich doch nicht annehmen«, wehrte sie ab.

»Doch, das kannst du. Ist schließlich die Kohle von der millionenschweren Robbe. Von dein Rob.«

»Nee, nicht? Der Finderlohn!«

Gretjes Augen funkelten, als sie sagte: »Von wegen Finderlohn! Das war mein Stundenlohn, für 'ne halbe Stunde putzen. Das musste ich gar nicht lange verhandeln, das hat der so rausgerückt.«

»Dass der Schlüssel schon gefunden worden ist, das weiß der aber noch nicht. Den lassen wir noch ein kleines bisschen schmoren.« Piet rieb sich die Hände und freute sich über den Schein in seiner Tasche. Mit dem Geld wollte er Gretje ganz schick zum Essen ausführen.

»Wenn du im Zug sitzt, dann kriegt der erst den Anruf, dass der Schlüssel bei uns abgeholt werden kann.«

»Raffiniert!«, sagte Caro. Unter diesen Umständen steckte sie das Geld, ohne zu zögern, ein. »Danke, danke, danke!« Sie fiel ihrer Retterin um den Hals und erdrückte die kleine Frau beinahe. Gretje wischte mit dem Handrücken über die Schmatzer und nahm Caro das Versprechen ab, so einen Quatsch, wie sie es nannte, niemals wieder zu machen. Und mit so einem alten Kerl erst recht nicht.

»Mädchen, das hast du doch überhaupt nicht nötig. Diesen kleinen Fleck auf der Backe, den darfst du doch nicht wegoperieren lassen! Du bist doch ein hübsches Ding.«

»Danke nochmals!«, flüsterte Caro mit Tränen in den Augen.

»Da nicht für!« Nun musste Caro doch lachen.

Kapitel 7

»So, meine Damen, jetzt aber mal los! Wir sind schon ein bisschen spät dran.« Sven stand vor dem Eingang, er hielt die Wagentür auf und half Gretje beim Einsteigen.

»Ich könnte stundenlang zusehen, wenn die Maschinen starten und landen. Da werde ich wieder zum Kind«, erzählte er auf dem Weg zum Flugplatz.

»Ach du«, sagte Julie und ein Lächeln huschte über ihr Gesicht. Die Haarsträhne, die sie unablässig um ihren Finger wickelte, ließ sie aber nicht los. Sie hatte tierische Angst vorm Fliegen.

»Das mit der Fliegerei will ich mir auch noch ein bisschen ansehen. Ich find das so …« Gretje stockte, sie suchte nach dem passenden Wort. »… geil? Sagt man das so, bei euch jungen Leuten?« Julie nickte und zählte noch ein paar andere Redensarten auf.

»Du kannst auch sagen, das ist Hammer, oder mega, oder megageil. Das sind so die gebräuchlichsten Ausdrücke.«

»Jau! Dann ist das wohl megageil!«, kicherte Gretje und wiederholte ihre neuen Wortschätzchen in den verschiedensten Kombinationen.

***

»Sieh mal, da kommt wieder einer.« Sven zeigte auf eine Maschine, die sich im Landeanflug näherte.

»Was hast du gesagt?« Gretje hielt sich die Hände auf die Ohren.

»Vielleicht ist das unsere«, brüllte er über den Tisch.

»Dass du so eine Bangebüx bist, das hätte ich nicht gedacht«, rief Gretje in den Motorenlärm. »Bist doch sonst nicht auf den Mund gefallen, aber jetzt bist du still wie ein Fisch auf dem Trockenen.«

Gretje polierte umständlich die Gläser ihrer Sonnenbrille. »Du, Sven«, fing sie an, »ich glaube, das ist besser, wenn ihr zwei euren Hochzeitsflug ohne mich macht. Das war doch dein Geschenk für dein Schätzchen. Ich glaub, die Julie braucht dich da oben ganz für sich allein.«

»Wie? Du willst jetzt kneifen? Hast du etwa auch Angst?«

»Nee, das glaube ich nicht. Bin aber auch noch nie geflogen. Ich weiß das nicht so genau.« Sie strich ihm über die Wange, sah ihn müde an und sagte, dass sie von dem Vormittag und der kurzen Nacht zuvor ziemlich erschöpft sei. Lieber wollte sie von der Terrasse aus zuschauen.

»Das ist ja ganz lieb von euch, dass ihr mich mitnehmen wollt, aber ...«, nun wurde sie ein bisschen verlegen, »ich würde das ganz gern mit dem Piet zusammen machen.«

»Gretje! Was soll ich denn dazu sagen?«

»Nix! Das bleibt auch unter uns, damit das man klar is!«

»Wie du meinst!« Das Motorengeräusch dröhnte jetzt dermaßen laut, dass man an den Lippen ablesen musste, was gesprochen wurde. Der Propeller drehte sich immer langsamer, bis er schließlich stillstand. Julie blickte in Svens meerblaue Augen, dann zu der kleinen Maschine und schließlich zu Gretje.

»Ich bin jetzt startklar«, verkündete sie mit fester Stimme.

Sven legte zärtlich den Arm um seine Frau und nickte Gretje zu. »In einer Stunde sind wir wieder da, du bleibst doch hier im Restaurant, oder willst du nach Hause?«

»Nee, bloß das nicht. Da würde ich heute Nachmittag nur stören«, sagte Gretje und band sich ein Tuch um den Kopf.

»Vielleicht sind wir auch schon früher zurück. Falls mir schlecht wird«, scherzte Julie.

»He! Was muss ich denn da hören?« Wie aus dem Nichts stand der Hochzeitsfotograf bei Julie und Sven. »Mit diesem Mann an deiner Seite, wie soll dir da schlecht werden? Das ist ja ein schöner Zufall, dass ich euch hier treffe.« Er sah Julie an. »Hast du Gretje schon die Hochzeitsfotos gezeigt und ihr von meiner Idee erzählt?«

»Was denn für 'ne Idee? Klar habe ich mir die Fotos schon angeguckt. Die sind echt gut geworden. Megageil!«, strahlte Gretje über das ganze Gesicht. »Was treibst du eigentlich hier? Musst du denn nicht immer Fotos schießen?«

»Na schon. Deshalb bin ich hier.« Er zeigte auf die Maschine, die über die Landebahn rollte. »Eine Auftragsarbeit. Dauert nicht sehr lange. Wenn ihr wollt, mache ich ein paar Fotos von euch, wenn ihr einsteigt und wenn ihr wieder landet.«

»Echt? Das wäre ja prima. Sehr gern. Ich hab mich schon geärgert, dass ich nicht daran gedacht hatte.« Sven war sofort einverstanden, Julie lächelte nur blass und tapfer.

»Gretje, ich kann dir Gesellschaft leisten, solange die beiden in der Luft sind. Du bleibst doch noch hier, bis sie wieder unten sind? Oder soll ich dich zurückbringen in den Ort?«

»Bei so netter Gesellschaft von so einem jungen Mann, da sag ich doch bestimmt nicht Nein.«

Der Fotograf flitzte davon, als sich die Tür der Maschine öffnete, und fotografierte die Diva, die ihr entstieg. Sie war ganz in Weiß gekleidet, mit goldenen Accessoires und Funkelsteinchen an den beringten Händen. Wie Queen Mum winkte sie in alle Richtungen, auch wenn nur wenige Touristen ihren Auftritt wahrnahmen.

»Was ist das denn für eine?« Gretje erhob sich von ihrem Platz, kniff die Augen zusammen und verzog den Mund. »Das Weibsbild kommt mir bekannt vor!«

»Ist das nicht die Künstlerin, die morgen im Conversationshaus gastieren soll?« Sven und Julie beobachteten amüsiert den Auftritt der Dame, die sich von allen Seiten mit einer überdimensionalen Sonnenbrille ablichten ließ. Ein einziges Mal schob die Rothaarige die Brille auf die Nasenspitze, linste über die Gläser hinweg, hinüber zu Gretje. Der Fotograf umtänzelte die Diva bis zum Taxi, das schon auf sie wartete.

»Wenn mich nicht alles täuscht …«, Gretje kräuselte ihre Lippen, »dann ist das die Rote Lola!« Sie rollte das R bei dem Wort »Rote«, so wie es in ihrem Dialekt üblich war, pustete hörbar die Luft aus den Lungen und murmelte: »Oh Gott, oh Gott.«

»Wie?«, fragte Julie irritiert. Ihr Blick klebte an der auffälligen Person mit der feuerroten Mähne, die mit ihrem Köfferchen elegant im Auto verschwand. »Meinst du etwa *die* Rote Lola, die von Onnos Bizeps?« Julies Augen glänzten. Von Angst war jetzt keine Spur mehr zu erkennen.

»Imposante Persönlichkeit! Die hat was«, meinte Sven augenzwinkernd und handelte sich umgehend einen Rüffel von seinen Begleiterinnen ein.

»Was die hat, das kann ich dir wohl sagen.« Gretje setzte sich wieder und orderte einen doppelten Sanddornlikör. »Die hat das faustdick hinter die Ohren. Und die hat die Kohle von unserm Onno geklaut! Und die hat …« In Gretjes Gesicht trat ein Ausdruck voller Abscheu und tiefster Verachtung. Sie sprach nicht aus, was die Rote Lola sonst noch hatte. »Oh Mann, den Onno, den muss ich vorwarnen. Nicht, dass der noch einmal auf das Weibsstück reinfällt.«

»Meinst du nicht, dass Onno damit alleine zurechtkommt?«

»Nee! Du bist doch selbst ein Kerl. Da setzt der Verstand schon mal aus. Ich sag nur …«, sie senkte die Stimme, »denk mal dran, wie das gewesen war, als ich dich kennengelernt hab. Da hattest du auch keinen Verstand mehr im Kopp.«

»So, die Herrschaften!«, unterbrach der Pilot das Gespräch. Er bat Julie und Sven, sich startklar zu machen und ihm zu seiner Maschine zu folgen. Bevor er abheben wollte, zeigte Gretje dem Piloten das Foto der vermissten Frau. »Haben Sie diese Frau schon einmal gesehen? Oder ist sie mit Ihnen geflogen?« Gretje konnte sich durchaus vorstellen, dass Britt Meinders mit ihrem Millionär von Norderney aus in die Karibik gestartet war. Der Pilot verneinte. Er musste jetzt starten.

»Viel Spaß und kommt heile wieder runter«, rief Gretje den beiden hinterher. Dann holte sie ihr Handy aus der Tasche und fotografierte die drei. Von Piet war immer noch keine Nachricht eingegangen. Er hatte ihr doch versprochen, sich sofort zu melden, wenn er Caro auf die Frisia gebracht hatte.

***

»Ich muss von allen guten Geistern verlassen gewesen sein, als ich dem Rundflug zugestimmt habe«, flüsterte Julie. Sie schloss die Augen und lehnte sich in ihrem Sitz zurück. Svens Wärme und sein Arm, der schützend um ihre Schultern lag, beruhigten sie wenigstens ein kleines bisschen.

»Du hast mich ja schließlich auch geheiratet! Was ist das Leben denn schon ohne eine Spur Verrücktheit?«

Julie atmete tief durch, nickte, schaute am Flugkapitän vorbei und blickte auf das, was vor ihr lag. Die Schalter und Hebel im Cockpit nahm sie nicht wahr, sondern das Brummen des Motors, das Rollen über die Piste und die enorme Power der Beschleunigung, die sie in den Sitz drückte. Dann ein leichtes Ruckeln und schon hoben sie ab.

»Svenny, wir fliegen! Wir fliegen!!! Wir sind schon in der Luft«, juchzte Julie. Sie riskierte zu ihrer eigenen Überraschung einen vorsichtigen Blick aus dem Seitenfenster. In die Tiefe zu schauen traute sie sich erst, als der Pilot ansagte, dass sie sich soeben über dem Wrack am östlichen Ende der Insel befanden, mit Flugrichtung Baltrum. Julie vergaß ihre Angst, wagte einen Blick und sah das verrostete Schiff, das vom Sand halb zugeweht in einer weißen Einöde lag. Umgeben von Dünen und der blaugrauen Nordsee leuchtete es in der Sonne.

»Sieh mal, da unten.« Sven schaute schon die ganze Zeit auf das rostbraune Fleckchen. Julie bemerkte einen Hauch Melancholie in seinem Blick.

»Mädchenbrause habe ich heute allerdings nicht eingepackt«, witzelte er und drückte Julies Hand. Das Wrack mit dem bunten Graffiti verschwand aus ihrem Blickfeld und die Maschine drehte eine Runde über die kleinste der Ostfriesischen Inseln, über Baltrum.

»Welcher Seemann liegt bei Nelly im Bett?«

»Wie bitte? Was hast du gesagt? Sprichst du wieder von der Touristin, die sich einen Millionär angeln wollte? Die heißt Britt und nicht Nelly.« Sven sah irritiert zu Julie rüber. Kichernd wiederholte sie die Frage noch einmal.

»Muss ich das jetzt verstehen?« Er schaute aus dem Fenster und war in die Schönheit der Natur versunken. Nach der schnellen Runde über Norderney hatte Julie zugestimmt, die große Tour zu fliegen, also einmal über die gesamten Inseln.

»Nee«, sagte sie. »Das musst du nicht verstehen, das hat Gretje mir beigebracht. Das ist eine Eselsbrücke, wie man sich die Reihenfolge der Ostfriesischen Inseln besser merken kann. Von Ost nach West.«

»Aha! Die kann ich dir auch so aufzählen.«

»Angeber! Typisch Lehrer!«

»He, he! Nun man nicht frech werden, sonst sag ich ihm«, Sven deutete nach vorn auf den Piloten, »dass er ein paar Loopings fliegen soll.« Julie schnappte nach Luft und knuffte ihren Liebsten in die Seite. »Aber nun klär mich doch mal auf, was das mit dem Seemann in Nellys Bett zu bedeuten hat?«

»Ist doch ganz einfach! Die Anfangsbuchstaben von jedem Wort stehen für eine der Inseln. Außer bei Juist, da wird etwas geschummelt. Das W steht für Wangerooge, dann kommen Spiekeroog, Langeoog, Baltrum, Norderney und Juist, und das B bei Bett steht für Borkum.« Triumphierend sah sie ihn an. »Ist ganz einfach, oder? Gretje hat das beim Kopptraining gelernt, hat sie mir erzählt.«

»Was die alles weiß und sich zutraut! Die Frau erstaunt mich immer wieder, ein echtes Original.« Er grinste und fügte hinzu:

»Wenn sie jünger wäre, dann wäre sie eine echte Konkurrenz für dich.«

»Blödmann! Sag mir lieber, welche Insel jetzt vor uns liegt.«

»Ähm …«

***

Gretje unterhielt sich angeregt mit dem Fotografen, als Julie und Sven zurückkehrten. Sie strahlte mit der Sonne um die Wette und Ole sprang um sie herum und gab ihr freundliche Anweisungen, wie sie gucken sollte.

»Na, *Germany's best Topmodel*«, unkte Sven.

»Jau, das hat der Ole auch gesagt. Der will mit mir eine Fotosession machen.« Das Wort »Session« sprach Gretje mit vielen Zischlauten aus. Man konnte nur ahnen, was sie meinte.

»Hatte ich dir das nicht erzählt, dass er so etwas gern einmal mit dir machen würde?«

»Nee! Du hast nur gesagt, dass er mich auf den Fotos echt cool findet. Sonst nix.«

Nun berichtete Ole Mattheis von der Idee mit der Misswahl. »Ich muss noch mit der Kurverwaltung sprechen, wie weit die sind. Eine *Miss Friesenqueen* oder *Miss Norderney* soll gewählt werden. Die Fotos für das Plakat sind übrigens von mir.«

»Julie, wäre das nicht was für dich?«, fragte Sven und ermutigte sie, sich für die Wahl zu bewerben.

»Gute Idee«, meinte Ole Mattheis. »Aber eigentlich sollten die Bewerberinnen waschechte Ostfriesinnen sein.«

»Und was müssen die machen? Oder müssen die einfach nur gut aussehen?« Auf Anhieb fielen Sven ein paar schwierige Aufgaben für die Kandidatinnen der Misswahl ein.

»Der Ole«, fing Gretje aufgeregt an zu erzählen, »der Ole glaubt, die Frau aus der Zeitung gesehen zu haben. Das Gesicht kommt ihm bekannt vor.«

»Echt? Deiner Linse entgeht ja wohl nichts«, sagte Sven zu Ole gewandt und wartete auf Einzelheiten.

»Tja, wenn man den ganzen Tag mit der Kamera auf der Pirsch ist, bleibt das nicht aus.« Ole scrollte durch seine Fotoalben. »Ende März muss das gewesen sein.« Er suchte, bis er die passende Datei entdeckt hatte.

»Und? Hast du sie?«, fragte Gretje.

»Hmm. Sieh mal. Das ist sie doch.« Ole zoomte eine Aufnahme mit zwei stattlichen Männern und einer zierlichen Frau in deren Mitte so groß wie möglich. Gretje nickte, sie erkannte das Gesicht der Frau wieder. Das war Britt Meinders.

»Wo sind die denn da gewesen? Und wieso hast du denn ausgerechnet die drei geknipst?« Gretje wollte es genau wissen. »Ach du Schreck!«, rief sie unvermittelt aus und wurde ganz hektisch. »Ich hab was vergessen, das ich unbedingt dem Kommissar erzählen muss. Könnt ihr mich da gleich mal dran erinnern?«

»Klar. Aber jetzt lass Ole zu Ende erzählen«, schlug Julie vor.

»Das war Ende März, kurz vor Ostern. Die Insel brummte wieder einmal und auf der Partymeile steppte der Bär. Das Wetter hatte ja auch mitgespielt, Petrus hatte es gut gemeint. Alle waren in Feierlaune und ich war unterwegs und wollte die Stimmung einfangen. Ein paar Fotos für meinen Instagram-Account schießen. Sonne, Strand und Meer poste ich ja jeden Tag, aber meine Follower freuen sich auch, wenn ich die Stimmung von besonderen Events präsentiere.«

»Nun schwafele man nicht so viel rum. Weiter jetzt«, sagte Gretje. »Und wo ist das da? Am Hafen?«

»Richtig. Am Yachthafen. Und hier …«, Ole zoomte eine Segelyacht nah heran, »die gehört …«

»Sag nicht, dem van Geldern?«, platzte Gretje dazwischen.

»Nee. Der andere auf dem Foto ist der Besitzer. Ich weiß nur, dass er Ricardo heißt und viel mit dem Schönheitsfritzen zusammenhockt.«

Julie grinste. »Soll ich euch mal verraten, was man sich über den so alles erzählt?« Sie hörte in ihrem Job als Physiotherapeutin die interessantesten und verrücktesten Geschichten. Julie wartete die Antwort nicht ab, sondern plauderte es sofort aus. »Man nennt ihn den ›Witwentröster‹«, kicherte sie. »Der hat angeblich einen sicheren Instinkt für alleinstehende Frauen, für Witwen und, wie meine Kundin so schön sagte, für bedürftige Frauen. Er umwirbt seine Auserwählte, verbringt die Nacht mit der Dame und sucht sich am nächsten Tag eine Neue. Ein zweites Mal gibt es nur selten.«

»Na, das wird aber auch man langsam Zeit, dass der sich meldet«, sagte Gretje, als ihr Handy vibrierte. »Piet hat das Mädchen auf die Frisia gebracht. Unter Polizeischutz! Jan hat Piet und Caro begleitet und sie noch tüchtig ausgefragt«, gab Gretje das Gespräch wieder. »Denn is dat Wicht ja wohl außer Gefahr! Junge, Junge, Junge!« Gretje tickerte noch etwas hin und her. Sie schrieb Piet von der Diva, die von Weitem wie die Rote Lola ausgesehen hatte, und wetterte über die Lautstärke der Maschinen. Bei dem Lärm war es ihr unmöglich, eine Sprachnachricht, einen *Klönschnack*, zu senden.

Kapitel 8

Onno Fokken hielt den Autoschlüssel mit der silbernen Raubkatze fest in seiner Hand, als er die schwere Holztür öffnete und gleich wieder zuschlug.

»Ich bin wieder hier, in meinem Revier«, trällerte es Onno fröhlich entgegen, als er die Tür ein zweites Mal öffnete. Vor ihm stand eine Lady, ganz in Weiß, mit wallendem rotem Haar und einer riesigen Sonnenbrille auf einem Stupsnäschen. »Nun, mein lieber alter Onno, willst du deine Süße nicht hereinbitten?«, säuselte sie.

»Nee, das gibt's doch nicht!« Onno starrte die Dame an, als stände ihm der Klabautermann leibhaftig gegenüber.

Ein rot lackierter Fingernagel tippte auf seinen Arm, die Nagelspitze glitt über die Linien seiner Tätowierung. Onno brachte kein Wort hervor. Rob van Geldern sollte vor der Tür stehen. So war es verabredet.

»Ich bin wieder da, deine Lola! Ach Onno! Wie konnte ich nur so dumm sein und damals … du weißt schon.«

Ihre Finger krabbelten seinen Arm hinunter zu seiner Hand, in der er den Schlüssel hielt. »Schick sieht das hier bei dir aus, feine Wohngegend. Und ein anständiges Auto fährst du jetzt auch. Ich wusste doch immer, dass aus dir noch was wird.«

»Lo…la! Ich glaub es nicht.« Er versperrte ihr den Zutritt und wischte ihre Hand von seinem Arm wie ein lästiges Insekt. »Was ist denn mit deiner Nase passiert?«, fragte er nach näherer Betrachtung. »Die hab ich doch ganz anders in Erinnerung.«

»Unfall! Nasenbeinbruch«, wollte sie ihm weismachen. Sie glaubte inzwischen selbst, dass es so gewesen war. Die Geschichte, die sie gleich zum Besten geben wollte, hatte sie schon etliche Male erzählt. Sie kam allerdings nicht dazu, denn ausgerechnet in diesem Moment traf Rob van Geldern ein.

»Hallo schöne Frau. Zeigen Sie mir doch mal Ihr süßes Näschen!«, sagte er mit einem gewinnenden Lächeln. »So sieht also die ehrliche Finderin meines Autoschlüssels aus? Wie

69

angenehm, dass es solche Menschen wie Sie noch gibt.« Rob zeigte auf den Schlüssel. Dass Onno ihn in der Hand hielt, interessierte ihn nicht.

»Nee!«, mischte der sich nun ein. »Das ist ein Irrtum. Das hab ich auf der Strandpromenade gefunden.«

Lola drängte sich an ihm vorbei, schob die Sonnenbrille aufs Haar, lächelte Rob an und bestand mit treuem Blick darauf, dass sie ihn zuerst gesehen und aufgehoben hatte.

»Aber sind Sie denn auch wirklich der Besitzer des Jaguars? Das kann ja jeder erzählen.« Herausfordernd blitzte Lola ihn aus ihren grünen Augen an. »Da sitzt ja wohl ein anständiger Finderlohn drin, bei so einem Auto.«

Rob van Geldern überreichte ihr seine Visitenkarte. Mit geübtem tiefem Blick taxierte er sein Gegenüber und schätzte dabei vermutlich schon ab, wie er Lolas längst verblasste Jugend wiederbeleben könnte.

»Oho! Schönheitschirurg aus Düsseldorf!« Sie drehte das Kärtchen in ihren Händen. »Rob van Geldern! Jede Frau ist schön!«, las sie vor. »Der berühmte Rob van Geldern? Ich muss gestehen, ich war schon mal auf Ihrer Homepage, weil …« Verschämt blickte sie zu Boden und fuhr sich durch die Haare. »Na ja, man wird ja nicht jünger.«

Rob van Geldern fühlte sich sichtlich geschmeichelt. Mit einer lässigen Geste fuhr auch er sich durchs Haar und versicherte Lola, dass sie mit ihrer Ausstrahlung niemals altern würde.

»Sie Charmeur, Sie! Siehst du, Onno, so geht man mit einer Dame um«, wandte sie sich an den alten Seebären und nahm ihm kommentarlos den Schlüssel aus der Hand.

»Also, Herr van Geldern, wir könnten ja mal über den Finderlohn reden. Also, wenn ich mir das so recht überlege …« Sie sah zu Rob auf und schien zu überschlagen, wie viel die kleinen Extras der Selbstoptimierung ungefähr kosten könnten.

»Nun, Lola, ich darf doch Lola zu Ihnen sagen?«

»Sehr gern, Rob!«

»Nun, was ich ausdrücken will, also, wenn Sie meine Hilfe in Anspruch nehmen wollen ... Ich könnte Ihre wahre Schönheit zum Leben erwecken und Sie zum Leuchten bringen wie einen Leuchtturm.«

Lolas Gesichtsfarbe nahm den Ton ihrer Haare an. Onno nutzte den Moment, ihr den Schlüssel wieder abzunehmen.

»Was ist denn das hier für'n Gesabbel?«, knurrte er und wischte sich den Schweiß von der Stirn. »Fünfhundert Euro! Dann kannste deinen Schlüssel wiederhaben und mit deinem Schlitten von der Insel verschwinden.«

»Aber Onno, mein Schatz! Das ist doch nun wirklich ein bisschen zu bescheiden. Denk doch mal an die Kreuzfahrt, die wir bald machen wollen!« Lola lehnte sich bei dem Seebären an. Sie tat so, als wäre sie seine bessere Hälfte.

»Also Robby. Ich darf Sie doch Robby nennen? Sie sind doch ein Mann von Welt. So, wie ich Sie einschätze ...«, sie machte eine Pause, »sind Sie bestimmt nicht kleinlich. Zweitausendfünfhundert, schlage ich vor! Das sollte der Schlüssel Ihnen doch wert sein. Der Onno, der ist einfach immer viel zu gut. Nicht wahr, Onno?«

»Nun ist es aber gut. Schluss jetzt, Lola! Ich habe den Schlüssel gefunden und ich sage fünf Hunderter. Und damit basta!«

Rob sah skeptisch von dem stattlichen Ostfriesen zu Lola. Das Pärchen konnte sich nicht einig werden, Lola sortierte er in die Reihe der geldgeilen Weibsbilder ein. Nach kurzer Überlegung wedelte er mit fünf grünen Scheinen vor Onnos Nase herum.

»Liebe Lola, ich will mich bei euch beiden bedanken. Heute habe ich meine Spendierhosen an«, witzelte Rob. »Ihnen, liebe Lola, möchte ich etwas Gutes tun. Wie wäre es denn mit einer Gratisbehandlung in meinem Institut? Entweder in Düsseldorf oder auf Sylt? Oder ...«, er senkte die Stimme, »wenn Sie noch etwas warten können, auch hier auf Norderney. Nächstes Jahr eröffne ich hier ein Haus der Schönheit. Aber ... psst!« Er legte den Finger auf den Mund. »Das ist noch top secret!«

»Oho!«, pfiff sie durch die Zähne. »Hier soll ein neues Beautycenter entstehen? Das ist ja aufregend. Aber Robby, ehrlich gesagt möchte ich ungern noch so lange warten.«

»Zu einer Venus, einer Göttin, die jeden Mann um den Verstand bringt, könnte ich Sie machen.«

»Letzteres klappt auch noch so ganz gut«, kommentierte sie trocken. Sie schenkte Rob einen Blick, der sagte, dass sie zu allem bereit wäre.

»Na, das ist doch mal ein Wort. Wenn du das man hinkriegst! Da hast du bestimmt ordentlich dran zu tun.« Onno nahm die Scheine entgegen und gab Rob den Schlüssel. »So, dann haben wir das ja erledigt. Dann könnt ihr ja nun auch wieder gehen.«

»Aber Onno«, protestierte Lola. »Ich bin doch gerade erst angekommen. Wo soll ich denn hin?« Ihr Schmollschnütchen zog bei dem Seebären allerdings nicht.

»Der Herr van Geldern hat ja bestimmt eine Wohnung hier. Vielleicht hat der noch ein Zimmerchen frei?« Auf Robs fragenden Blick stellte Onno den Sachverhalt klar, dass er und Lola kein Paar waren. Erst recht kein Ehepaar.

»Ich bin so gut wie weg. Um achtzehn Uhr geht meine Fähre. Der Autoplatz ist bereits reserviert.« Er versicherte Lola, dass es ihm ganz furchtbar leidtat. »Termine, meine Gute. Wichtige Termine! Es wäre mir eine Ehre, eine Frau wie Sie bei mir beherbergen zu dürfen.«

Nach einem Blick auf die Uhr wurde er kreidebleich unter seiner sportlichen Bräune. »Verdammt! Es ist ja schon halb sechs! Hoffentlich kriege ich die Fähre noch.«

Rob van Geldern machte auf dem Absatz kehrt und rannte davon. Um ein Haar hätte er Gretje vom Fahrrad geholt, die auf das Haus zusteuerte.

»Sie schon wieder!«, rief er ärgerlich und entschuldigte sich. »Hier???«

»Das siehst du doch. Putzen!«, erwiderte Gretje schlagfertig und schob ihr Rad an ihm vorbei.

»Sie sind ein Engel! Gretje, Sie schickt der Himmel!« Er holte seine Brieftasche raus, drückte ihr einen Schein in die Hand und fuhr mit ihrem Drahtesel davon. »Nur kurz ausleihen, ich hab's eilig. Sie wissen ja, wo ich wohne!« Dann trat er in die Pedale, als wenn der Teufel hinter ihm her wäre.

»Was war das denn?« Kopfschüttelnd brummelte Gretje immer wieder: »Junge! Junge! Junge!« Sie blieb stehen und sah Rob van Geldern hinterher, bis er schließlich um die Ecke bog und aus ihrem Blickfeld verschwand. Jetzt erst begutachtete sie den Schein in ihrer Hand und bekam glänzende Augen.

»Menschenskinder, der hat mir 'nen ganzen Hunderter in die Finger gedrückt!«, sagte sie zu sich selbst. Skeptisch hielt sie die Banknote gegen das Licht. »Na jut, denn will ich mal nicht so sein«, murmelte sie und brachte das Geld schnell in Sicherheit.

Kapitel 9

»Onno? Wo steckst du denn, mein oller Seebär?« Gretje brannte darauf, ihm von ihren Erlebnissen am Flugplatz zu erzählen. Vor allem von der Diva, die einem Sportflugzeug entstiegen war und der Roten Lola verdammt ähnlich sah. Auf sein dummes Gesicht bei dieser Hiobsbotschaft war sie gespannt.

»Mensch, Onno, nun sag doch mal was!«

Aus der Küche kamen seltsame, beunruhigende Geräusche. War das ein Stöhnen? Mein Gott, sollte Onno etwas passiert sein? Hatte Rob van Geldern die Herausgabe des Schlüssels mit Gewalt erzwungen und war deshalb so schnell geflüchtet? Diese Gedanken gingen ihr durch den Kopf, als sie beherzt die Klinke der Küchentür herunterdrückte. Sie wollte ihm beistehen, ihm helfen.

»Nee, das glaube ich jetzt nicht!«, rief sie. Gretje hatte schon viel gesehen und viel durchgemacht in ihrem Leben, aber das, was sich ihren Augen jetzt bot, war zu viel für sie. Theatralisch griff sie sich ans Herz und plumpste auf den nächstbesten Stuhl. Sofort stand sie aber wieder auf.

»Sag mal, Onno, bist du von allen guten Geistern verlassen?« Sie starrte Lola und Onno an, ihr Mund bildete nur noch eine schmale Linie und in ihren Augen loderte Verachtung, vielleicht war es sogar eiskalter Hass.

»Was macht die denn hier?«, keifte Lola. »Die wohnt doch nicht etwa bei dir? Und für mich hast du angeblich kein Zimmer frei?« Lolas Blick unter den gesenkten Lidern sandte spitze, giftige Pfeile aus.

»Dass du dich traust, du …«

»Aber Gretje, hast du denn immer noch nicht das Stadium der Altersmilde erreicht? Man muss doch auch mal vergessen können. Alt genug bist du ja dafür.«

»Das trifft denn wohl eher auf Onno zu«, meinte Gretje und wischte die Spuren von Lippenstift aus seinem Gesicht. »Mann, Onno, bist du denn noch ganz bei Trost? Du willst die ... die ... das Weibsbild doch nicht etwa hier in unserer Friesenrose wohnen lassen?«

»Das geht dich doch 'nen feuchten Dreck an, wen mein Bärchen bei sich wohnen lässt. Nicht wahr, mein Bärchen? Unsere Friesenrose! Dass ich nicht lache!« Sie drückte ihre Lippen wieder auf die Stelle, die Gretje gerade abgewischt hatte, und tätschelte Onnos Bauch. »Das würde dir ganz gut bekommen, wenn sich mal wieder eine Frau um dich kümmert.« Sie kniff mit ihren Nägeln in seine Speckrollen, sodass Onno zusammenzuckte.

»Autsch! Was soll das denn? Wenn du hier schlafen willst, dann lass die Finger von meinem Rettungsring.«

»Aber Bärchen, du warst doch früher nicht so empfindlich.« Nun streichelte sie sanft über seine Rundungen und klimperte mit den Wimpern. »Du warst doch ein richtiger Kerl! Und ich wette, du bist immer noch ein richtiger Kerl.«

Leon hatte Feierabend und schnappte nur noch die letzten Worte von Lola auf. Er stellte Kaffeewasser an und fragte arglos: »Na, wer von euch Hübschen möchte denn einen Kaffee? Oder einen Tee?«

»Endlich mal ein nettes Wort zur Begrüßung«, flötete Lola und ließ Leon nicht aus den Augen.

»Was darf's denn sein, schöne Frau?«

Er sah zu Onno hinüber. Wollte er ihm die Dame denn nicht vorstellen? Doch der Seebär rollte nur mit den Augen.

»Junger Mann«, sagte Lola, »ich hätte gern einen Espresso. Klein, stark, schwarz und süß. So wie ich. Das können Sie doch, nicht wahr?«

»Das ist eine meiner leichtesten Übungen!«, erwiderte Leon charmant.

»Und für mich einen Tee! Einen echten Ostfriesentee, klar und herb und mit Kluntje und Sahne.«

»Sehr wohl, die Damen. Und du, Onno?«

»Tee! Was denn sonst?«

»Wie heißt denn unser Besuch?«, fragte Leon. Er reichte Lola den Espresso, verkniff sich dabei aber den tiefen Blick in ihre Augen, den er sonst gern jeder Frau schenkte. Stattdessen nahm er Gretje fest in den Arm, drückte ihr Küsschen auf die Wangen und beglückte sie mit einem verführerischen Lächeln.

»Ich bin *die* Lola!«, sagte die Rothaarige selbstbewusst und pikte auf Onnos Tattoo.

»Die Rote Lola ist zurück! Das nenn ich Zufall, wir haben gestern noch von Ihnen gesprochen. Das ist ja eine Überraschung.«

»Und wer bist denn du? Ich darf doch Du sagen?« Lolas Augen sprangen zwischen Gretje, die immer noch Leons Umarmung genoss, und dem jungen Mann hin und her.

»Das ist Leon«, antwortete Onno. »Der wohnt hier.«

»Hallo Leon«, hauchte sie, »wohnst du auch mit uns unter einem Dach? Wie zauberhaft, so einen jungen und gut aussehenden Mann, noch dazu mit ordentlichen Manieren, im Haus zu haben.«

»Und hier ist noch einer von der Sorte mit den Manieren«, grinste Piet. Er fing sich einen tödlichen Blick von Gretje ein, schlug die Augen nieder und fühlte die zum Schneiden dicke Luft in dem Raum. Hastig trank er einen Tee und verkrümelte sich in sein Zimmer mit Meersicht.

»Das ist ja hier eine richtige Senioren-WG!« Lola zwinkerte Leon zu. »Da komme ich ja genau zur rechten Zeit. Ein bisschen frischer Wind kann bestimmt nicht schaden, nicht wahr, Leon?«

Unter Onnos Kopfbedeckung wurde es heiß. Kleine Rinnsale bahnten sich ihren Weg über seine Stirn. »Mannomann, ist das heiß heute!« Er nahm die Mütze vom Kopf und würgte das Teil mit seinen Händen. Ihm war anzusehen, dass er sich in einer Zwickmühle befand und innerlich mit sich kämpfte, seine Augen waren schon ganz glasig.

»Ach Onno, mein oller Brummbär, ich weiß doch, dass du auch schnurren kannst«, schmeichelte Lola und rückte ihm mit einem kehligen ›Grrrr‹ immer näher auf den Leib. »Hast du denn nicht noch ein winziges kleines Zimmerchen für deine alte Freundin?«

»So viele Weiber an Bord! Das bringt nur Unglück!« Unschlüssig sah er zu Leon hinüber. Der stand gelassen da und betrachtete das Schauspiel amüsiert. Gretjes Mimik verhieß nichts Gutes, von ihr durfte er keine Zustimmung erwarten. Die Erinnerungen aus der guten Zeit mit Lola konnte Onno jedoch nicht aus seinem Gedächtnis streichen. Er war noch immer ein richtiger Kerl und die Rote Lola schaffte es tatsächlich, sein Gemüt auch nach so vielen Jahren wieder zu erhitzen.

»Bin ich denn ein Herbergsvater? Ich vermiete nicht! Das steht doch auch auf dem Schild.« Onno strich sich über den Kopf. Dann gab er sich einen Ruck. »Na gut«, grummelte er, »aber nur für eine Nacht. Morgen suchst du dir eine Pension, oder du schlägst dein Quartier auf dem Campingplatz auf. Ein Zelt kann ich dir wohl geben.«

»Es gibt auch einen recht gemütlichen Schlafstrandkorb«, wusste Leon. »Hinten, bei der Weißen Düne. Da kann man unterm freien Himmel übernachten. Das ist voll romantisch.«

»Mit dir, lieber Leon, ist das bestimmt voll romantisch«, ging sie darauf ein. Onno schnappte sich wortlos ihr Gepäck und Lola folgte ihm treppauf, wobei sie Gretje einen triumphierenden Zickenblick zuwarf.

Gretje schimpfte wie ein Rohrspatz. Das konnte sie schon immer gut, besonders auf Ostfriesisch. Ihr Gezeter war nicht zu überhören, es drang selbst zu Piet in sein Dachstübchen vor. Er ging runter und versuchte sie zu beschwichtigen. Aber erst nach drei Sanddornschnäpsen, die Gretje hintereinander hinunterkippte, und nachdem Leon ihr versichert hatte, dass die Rote Lola spätestens am nächsten Abend verschwunden sein würde, wurde sie umgänglicher.

»Mensch, Gretje, reg dich mal nicht so auf. Du bist doch viel cooler als diese aufgedonnerte Krähe. Mit der wirst du doch fertig!«, sagte Leon.

»Nicht klein beigeben. Das ist doch nun wirklich nicht deine Art. Du hast immerhin auch schon einen Einbrecher in die Flucht geschlagen«, redete Piet auf sie ein. »Du schaffst das doch garantiert, die auch rauszuekeln. Da will ich für wetten.« Piet zwinkerte, tätschelte Gretjes Arm und schlug vor, noch etwas essen zu gehen.

»Jau! Und glaubt man nich, dass ich für euch was kochen tu, solange diese Schlampe ihre Füße hier unter Onnos Tisch streckt.«

»Och!«, bedauerten die beiden Männer wie aus einem Mund.

»Kochstreik? Tu uns das nicht an!« Leon zog einen Flunsch.

»Ich geh denn mal zu Ida, vielleicht gibt's da ja was zu essen.«

»Leon, du willst aber hoffentlich nicht die ganze Nacht wegbleiben? Du kannst mich doch nicht mit dieser … mit diesem Weibsstück allein lassen.«

»Meine schnuckelige, kleine Friesenrose, du bist doch so eine kluge und taffe Frau, du wirst mit der Dame schon fertig. Zeig deine Stacheln! Aber im Ernst, eigentlich habe ich vor, in meinem eigenen Bett zu schlafen. Ich habe morgen Frühdienst.«

Gretje zog eine Grimasse, als hätte sie in eine Zitrone gebissen. Piet grinste, zückte sein Handy und fotografierte ihren Gesichtsausdruck. »Das kannst du dir später mal angucken, wenn du mal was zu lachen haben willst.«

»Na los, Piet, worauf warten wir noch? Ich lad dich ein.« Sie zeigte ihm den Hunderter. »Den hauen wir jetzt auf den Kopp.« Das Angebot nahm Piet gern an, er passte jedoch gut auf, dass Gretje nicht zu leichtsinnig mit dem Geld umging. Schmunzelnd hörte er zu, als sie ihm bei einer Pizza erzählte, wie sie an den Schein gekommen war.

»Du olles Schlitzohr«, meinte er nur. »Dann hole ich dein Fahrrad am besten gleich morgen früh von dem Schönling wieder ab, damit du mobil bist und vor Lola flüchten kannst.«

Piet erzählte, dass er das Liebesschloss bei Rob wieder entfernen wollte, bei der Gelegenheit könnte er das Rad gleich mitnehmen.

»Jau. Das mach man. Bist ein feiner Kerl.« Sie tätschelte seine Hand und bezahlte. »Würde mich ja gerne mal in aller Ruhe bei dem Robby umsehen, was der noch alles für Schätzchen in seinem Hobbyraum hat. Ob der van Geldern wohl der Millionär ist, in den sich die Vermisste verknallt hatte? Also, Piet, dem würde ich ja gern die Suchanzeige unter die Nase halten. Auf seine Reaktion bin ich dann aber gespannt. Der müsste doch was wissen.« Auf dem Rückweg erzählte sie Piet, dass es da aber noch einen anderen verdächtigen Kerl gab. »Ricardo, der Witwentröster!«

»Soll der dich vielleicht auch trösten?«

»Nee, danke! Dafür hab ich ja dich«, lachte sie, drückte seine Hand ganz fest und ließ sie nicht mehr los, bis sie bei Onno wieder angekommen waren. Unter dem Siegel der Verschwiegenheit vertraute sie ihm dann an, dass sie den Ausweis von besagter Britt bei Rob van Geldern im Papierkorb gefunden hatte. Auf Piets argwöhnische Frage, wo sie den denn versteckt hätte, zeigte sie nur auf ihren Beutel. »Nun reg dich man nicht gleich wieder auf. Ich hab dem Inselbullen schon Bescheid gesagt. Morgen treffe ich mich mit dem.«

Argwöhnisch sah Gretje sich um, als sie nach Hause kamen. Alles war aufgeräumt und sauber. Trotzdem war irgendetwas anders, das spürte sie sofort. Onno saß nicht vorm Fernseher wie sonst um diese Zeit. Das Haus sah verlassen aus, nur der schwere, süßliche Duft der Rothaarigen hing in der Luft.

»Ich geh ins Bett. Nacht, Gretje!«

»Jau, schlaf gut.«

Schimpfend verzog Gretje sich in ihr Zimmer und erzählte ihrem Freddy, der sie vom Foto auf dem Sekretär anlächelte, von ihrem Ärger. Doch der gab anscheinend nicht die Antworten, die sie hören wollte. Kurzerhand drehte sie das Foto von ihrem Freddy zur Wand und schlief auf der Stelle ein.

Kapitel 10

Mitten in der Nacht wurde Gretje von ungewohnten Geräuschen wach. Sie stand auf, schob die Vorhänge einen Spalt weit auseinander und versuchte, in der Dunkelheit etwas zu erkennen. Waren das die Schreie einer Katze beim Liebesspiel? Oder vergnügte sich ein Pärchen in Onnos Strandkorb? Sie spähte hinaus, doch auf der Terrasse bewegte sich nichts. Die Geräusche verstummten auch nicht, als sie das Fenster schloss. Von einer vierbeinigen Katze kamen sie jedenfalls nicht!

Gretje hielt sich die Ohren zu. Zum ersten Mal in ihrem Leben wünschte sie sich ein paar harmlose Altersbeschwerden. Ein Hörgerät, das wäre jetzt genau das Richtige. Das könnte sie auf den Nachttisch legen, sich die Decke über den Kopf ziehen und das Ächzen und Stöhnen aus der oberen Etage ignorieren. Allein die Vorstellung, dass die Rote Lola sich über Onno hermachte und dass der so dusselig war und es geschehen ließ, verursachte ihr Übelkeit. Das ging eindeutig zu weit! Jedenfalls nach alldem, was Lola ihm schon angetan hatte.

***

Piet konnte ebenso wenig schlafen wie Gretje. Schon um kurz nach fünf saß er mit dem Nomo in der Küche, einen Pott Kaffee in der Hand.

»Moin Piet!« Gretje rückte einen Stuhl heran und nahm auch einen Kaffee.

»Moin! Auch schlecht geschlafen?«, fragte er und schaute kurz auf.

»Das kannst du wohl sagen.«

»Das war ja auch nicht zu überhören, das Gekeuche.« Piet schaute das Nachrichtenblatt durch, vertiefte sich in den Wetterbericht und erzählte Gretje, was er den Tag über alles unternehmen wollte. »Ich lauf denn gleich mal zum Haus von dem Schönheitsfritzen und bring dir dein Fahrrad zurück.«

»Hmm. Ist gut.«

Gähnend, noch im Pyjama und mit unverschämt guter Laune erschien Leon in der Tür.

»Moin, meine Friesenrose!« Mit Küsschen und einer bettwarmen Umarmung begrüßte er Gretje und entlockte ihr damit ein Lächeln. Es glomm auf wie eine Sternschnuppe und erlosch genauso schnell wieder. Piet begrüßte er mit einem kumpelhaften Schulterklopfen.

»Hast du das auch gehört?«, fragte Gretje.

»Was denn? Ich bin erst spät nach Hause gekommen und habe tief und fest geschlafen. Wie ein Stein.«

»Nee? Du hast das nicht gehört?« Gretje sah ihn scharf an. Wollte er sie etwa auf den Arm nehmen? Aber Leon lächelte sie so unschuldig an, er hatte es wohl wirklich nicht mitgekriegt.

»Was soll ich denn gehört haben? Einen Schuss oder was?«

Pict schlürfte einen Schluck Kaffee und klärte den Mitbewohner über die Unruhe in der Nacht auf.

»Nee, das gibt's doch nicht! Onno und Lola? Du meinst, die sind miteinander ins Bett gegangen?«

»Nicht nur das. Die Lola, die muss den Onno so richtig scharfgemacht haben. Die hat den verführt.«

Anerkennend pfiff Leon durch die Zähne. »Wow! Dann hat der ja seinen Spaß gehabt!« Er grinste. »Ich hoffe, dass ich das in dem Alter auch noch hinkriege. Wenn mich die Weiber dann auch immer noch verführen … Boah, wie geil ist das denn? Menschenskinder, der Onno, der hat ja 'nen Schlag bei den Frauen.« Leon war nicht zu bremsen bei seinem Lieblingsthema. Erst als Onno auf der Bildfläche erschien, hielt er den Mund.

»Moin! War das 'ne Nacht. Gretje, hast du mal 'nen Tee für mich?«

Leon erwiderte als Einziger seinen Gruß und zeigte auf die Kaffeekanne. »Heut gibt's Kaffee. Die Herrschaften haben schlecht geschlafen.«

Onno suchte Gretjes Blick, doch die wich ihm aus. Auch bei Piet hatte er keinen Erfolg. »Mensch, Kinners. Nun seid doch nicht so. Hab ich euch eigentlich schon erzählt, dass der Jaguarfahrer glatte fünf Scheine als Finderlohn abgedrückt hat? Das ist für jeden von uns einer. Und einen für Ida, die ist ja eigentlich die Finderin. Hab ich das nicht gut hingekriegt?«

»Jau, den haben wir ganz schön reingelegt!« Piet rieb sich die Hände und vergaß seinen Ärger. Sofort fing er sich einen eisigen Blick von Gretje ein.

»Ich geh denn mal dein Rad abholen«, meinte er und verschwand.

»Piet, warte! Ich komm mit. Hier hält mich nichts mehr.«

»Ach, wie reizend von dir, liebe Gretje«, freute sich Lola, als sie das hörte. Perfekt geschminkt, in Onnos Morgenmantel, betrat sie den Raum und zwinkerte dem Seebären zu. »Dann können wir ja so richtig gemütlich zusammen frühstücken. Nicht wahr, mein süßer Brummbär? Ein anständiges Frühstück, das hast du dir nach der Nacht redlich verdient. Lass mich das mal erledigen.«

Leon verdrehte die Augen und flüchtete aus der Küche, noch bevor Lola sich darin zu schaffen machte und ihn dabei mit ihren Blicken vollständig auszog.

»Eine Nacht kann sie bleiben, das hatten wir abgemacht! Nur eine!!! Das mit der Hausordnung war doch deine Idee, du wolltest sie unbedingt haben! Halt dich gefälligst auch daran!« Piet war nicht zu bremsen. »Deine Regeln, die sollten doch für alle gelten, oder habe ich da was verpasst?«, erinnerte er den Hausherrn. »Oder werden die jetzt wegen einer Lola einfach über Bord geworfen?«

***

Unausgeschlafen und schlecht gelaunt marschierte Gretje mit Piet los, um ihr Fahrrad abzuholen. Gretje hatte Mühe, mit seinem Tempo Schritt zu halten. Zu Fuß zog sich der Weg zu Robs Haus ganz schön lang hin. Mit dem Rad brauchte man höchstens zehn Minuten.

»Du, Piet …«, sagte sie nach ausgedehntem Schweigen.

»Hmm. Was ist?«

»Hol du man das Rad alleine ab. Mir ist das zu weit zum Laufen.«

»Jau. Und wo soll ich es dann abliefern?«

»Hmm. Gute Frage. Stell das Rad man bei Onno hin. Ich hol mir das später da ab. Kannst mich ja mit dem *Ih-Fohn* anbimmeln, wenn du fertig bist.«

»Wird gemacht!« Piet sah seine Freundin von der Seite an. Sie wirkte bedrückt. Auf seine Frage, was denn los sei, zuckte sie nur mit den Schultern und murmelte, dass plötzlich so ein furchtbares Durcheinander in ihrem Kopf herrsche. »Mit mal fallen mir so viele Sachen wieder ein. Das war nicht immer nur schön mit meinem Freddy, da gab's auch andere Zeiten.«

Ohne Gretje kam Piet viel schneller voran. Er hatte sie am Kurplatz abgesetzt, dort wollte sie auf der Rentnerbank verschnaufen.

Von Weitem leuchtete das Haus strahlend weiß in der Morgensonne. Er tastete nach dem Schlüssel für das Vorhängeschloss und grinste sich einen. Wie sehr Rob van Geldern sich doch über diese Unverschämtheit aufgeregt hatte! Es war Onnos Idee gewesen, Piet hatte es vor der Befragung eigenhändig angebracht. Es wieder zu entfernen, ging ruck, zuck.

Beim Anblick von Robs Jaguar, der wie am Tag zuvor im Carport stand, erschrak er. Sollte Rob van Geldern die Fähre doch nicht mehr bekommen haben? Oder, und der Gedanke beunruhigte ihn zutiefst, war ihm aufgefallen, was Gretje hatte mitgehen lassen?

Verdammt, was soll das denn? Wieso ist der Kerl noch auf der Insel? Der hatte es doch so eilig, dachte Piet. Er näherte sich langsam dem Grundstück und war froh, dass ihn niemand sah. Die Jalousien waren noch heruntergelassen, es war noch nicht einmal acht Uhr. Rob van Geldern würde bestimmt noch in den Federn liegen, vermutete Piet. Dennoch schaute er sich nach allen Seiten um und schlich sich vorsichtig an das Haus heran.

Gretjes Fahrrad war nicht zu übersehen, es stand angelehnt direkt neben der Eingangstür. Er blickte sich noch einmal um, stieg auf und radelte pfeifend davon. Das Liebesschloss war ihm völlig egal. Sollte sich der Angeber ruhig noch ein paar Tage länger darüber ärgern.

Er trat ordentlich in die Pedale, was bei dem Gegenwind viel Kraft kostete, aber diese Neuigkeit musste er Gretje unbedingt sofort erzählen. Piet fuhr zum Inselbäcker, dort hatte er sich mit ihr verabredet. Er wurde das dumme Gefühl nicht los, dass Robs Anwesenheit nichts Gutes zu bedeuten hatte.

Ein paar Minuten später saß Piet neben Gretje und ließ sich das Frühstück schmecken. Das Buffett war ausgezeichnet, es gab sogar Rührei mit Speck und Heringshappen. Er rutschte seiner Freundin dicht auf die Pelle und erzählte ihr, dass Rob noch nicht abgereist war.

»Weißt du was, Piet? Von Anfang an hatte ich so ein komisches Gefühl bei dem. Mit dem stimmt was nicht.«

»So? Warum das denn?«

Gretje flüsterte ihm ins Ohr: »Der hatte das so verdammt eilig, von hier wegzukommen. Und als ich bei dem war und auf seinen Keller zu sprechen kam, da ist der ganz flatterig geworden. Hast du das denn nicht gemerkt?«

»Was du aber auch alles mitkriegst!«

»Jau! Sehen und hören, das geht noch ziemlich gut.« Gretje nippte an ihrem Kaffee und meckerte. Er war ihr nicht stark genug. Beuteltee kam nicht infrage, den trank sie aus Prinzip nicht. »Holzauge sei wachsam«, sagte sie und knuffte Piet in die Seite. *Gott sei Dank kann sie wieder schmunzeln*, freute Piet sich.

»Was machen wir denn nun?«

»Wieso? Erst mal nix. Ich fahr mit dem Rad ein bisschen durch die Gegend. Zum Hafen runter. Ich wollte mir die Schiffe immer schon mal aus der Nähe angucken, die da vor Anker liegen. Und du passt derweil wie ein Wachhund auf Onno und Lola auf!«

»Wieso das denn?«, wollte er wissen. »Das müssen die doch selber wissen, was die tun. Die brauchen doch kein Kindermädchen!« Piet konnte sich durchaus eine sinnvollere Beschäftigung vorstellen. Doch mit Gretje jetzt darüber zu diskutieren, würde nichts bringen. Er wusste, sie machte das schon.

»Also, das ist so«, erklärte sie ihm nun. »Der Onno, der ist nicht mehr klar im Kopp bei dem Weib. Der war damals so was von fertig, der wollte sich das Leben nehmen wegen der. Mein Freddy hat ihn dann zum Glück noch rechtzeitig entdeckt. Tabletten und Alkohol, sag ich nur! Der Onno, der war so ein Jammerlappen danach. Das will ich nicht noch einmal erleben. Und Lola …« Gretje senkte die Stimme. »Da könnte ich dir Geschichten erzählen … dass sich dir die Fußnägel aufrollen. Junge! Junge! Junge!«

»Psst!« Piet legte einen Finger an die Lippen. Er deutete mit einem Kopfnicken auf das Paar am Nebentisch, das die beiden Senioren beobachtete und miteinander tuschelte.

»Das erzähle ich dir später mal. Brauche jetzt erst 'ne ordentliche Brise frischen Wind um die Nase. Pass du man gut auf, dass Onno nicht mit dem Weibsstück allein ist.«

»Jawoll! Wird gemacht! Und pass du man auf dich gut auf. Hast du eine Jacke dabei? Und was ist mit dem Helm?«

»Oh Mann, Piet!«

»Was denn? Auf dich muss schließlich auch einer aufpassen. Bist doch meine beste und einzige Freundin.«

»Hmm. Wenn du meinst. Dann komme ich eben kurz mit und hol mir eine Jacke«, gab Gretje sich geschlagen. Sie genoss Piets rührende Fürsorge, auch wenn sie das niemals zugeben würde.

»Braves Mädchen!«, grinste er und zahlte.

Vergnügt vor sich hin pfeifend räumte Onno die Küche auf, als Gretje und Piet zurückkamen. Das alte Seemannslied blieb ihm im Halse stecken, als er Gretjes grimmigem Blick begegnete.

»Na, schon wieder da?«, sagte er und sah von seiner Arbeit auf. Gretje behandelte ihn so, als wäre er Luft. Wortlos holte sie ihren Helm und eine Jacke und packte ihre Fahrradtasche.

»Die Rote Lola ist ausgeflogen«, verkündete Onno. Gretje nahm es zur Kenntnis, packte aber weiterhin stur ihre Sachen ein.

»Tschüss Piet! Bin denn mal weg.«

»Mannomann! Ist die sauer«, meinte Onno.

»Hm«, brummelte Piet. »Ist das Weibsbild jetzt weg? Oder kommt die noch mal wieder?«

»Lola macht Besorgungen. Was Frauen eben so zu tun haben.«

»Du hast ihr aber doch hoffentlich kein Geld geliehen?«, fragte Piet argwöhnisch. Onno wienerte den Küchentisch. Er verzog keine Miene, sondern zuckte mit den Schultern. »Du hast ihr doch nicht etwa …?« Piet schluckte, er war drauf und dran, den kräftigen Kerl ordentlich zu schütteln. »Du hast ihr doch nicht etwa unseren Finderlohn gegeben?« Onno putzte weiter, als ob sein Leben davon abhinge. »Nee, nicht?« Piet schlug sich vor die Stirn. Ihm wurde klar, dass Onno genau das getan hatte.

»Nur meinen Anteil«, nuschelte Onno kleinlaut.

»Warte, Gretje, ich komm mit dir mit. Das ist mir echt zu blöd mit dem Idioten! Was soll dem schon passieren, sein Superweib ist ja shoppen gegangen.«

Kapitel 11

Gemeinsam fuhren Gretje Blom und Piet schließlich in den Ort. Sie verweilten auf der Rentnerbank vom Rathaus und verfolgten das quirlige Inselleben.

»Moin Sven!«, rief Gretje in einer Lautstärke, die selbst die Möwen aufschreckte, als sie Sven um die Ecke kommen sah.

»He!«, begrüßte er sie mit dem knappen Gruß der Norderneyer.

»Wollt ihr ein Picknick machen?« Sven amüsierte sich über Gretjes prall gefüllte Fahrradtasche. »Wo soll's denn hingehen?«

»Nee. Aber in die Friesenrose kann ich nicht zurück. Dicke Luft! Bin geflüchtet, und den da ...«, sie knuffte Piet in die Seite, »... den werde ich einfach nicht los, der hängt ständig an meinem Rockzipfel.«

»Wie soll ich das denn verstehen? Hast du Stress mit Onno und Leon?« In Svens meerblauen Augen blitzte der Schalk. »Wie wär's denn dann mit einem Frieseneis? Ich lade euch ein.«

»Das ist ja mal 'ne gute Idee.«

Langsam gingen sie zu dem Häuschen auf der gegenüberliegenden Seite des Kurparks, wobei Gretje ihrem Ärger Luft machte. Sie wetterte über Onno, das schwache Mannsbild, und über das Weibsbild Lola, das es gewagt hatte, wieder aufzutauchen.

»Wenn das so weitergeht mit dem, dann hau ich wieder ab. Bei mir in Rhauderfehn, da hab ich wenigstens meine Ruhe«, meckerte sie. Ursprünglich hatte sie geplant, bis Freitag zu bleiben, doch unter diesen Umständen ...!

Sven strich sich durch den Bart und erinnerte Gretje an die Vermisstenanzeige. »Hattest du nicht gesagt, du willst herausfinden, wo die Frau abgeblieben ist? Oder hab ich das falsch verstanden? Wie weit bist du denn in der Sache, hast du schon alle Millionäre auf Norderney vernommen?«

Gretje schnaubte empört. »Nee! Ich fahr jetzt zum Yachthafen und schau mich da mal um.« Beleidigt widmete sie sich ihrem Sanddorneis.

»Falls du früher nach Hause zurück willst, ich muss morgen aufs Festland und könnte dich mitnehmen«, lenkte Sven ein. »Und dich natürlich auch, Piet.«

Gretje nickte und sagte, sie wolle sich das durch den Kopf gehen lassen.

Gretje fiel die Eiswaffel aus der Hand vor Schreck, als sie am Brunnen das verfluchte Weibsbild entdeckte. »Guck mal, Sven! Da vorne!« Sie zupfte ihn am Ärmel und schob Piet beiseite. »Siehst du die da, mit den roten Haaren? Auf der Bank!«, flüsterte sie und versteckte sich mit den beiden Männern hinter einer Ecke. »Das ist sie. Die Rote Lola! Und der Kerl bei ihr, das ist der feine Doktor, der mit dem Jaguar.«

»Das ist sie also. Das Wunderweib, das Onno auf seinem Arm verewigt hat!«, sagte Sven. »Meinst du, die haben uns gesehen?«

»Das will ich nicht hoffen«, raunte sie. »Ich sag dir, die beiden, die hecken was aus. Da stimmt was nicht. Kennst du den auch?«

»Ne, Gretje, ich kenn ihn nicht. Aber ich habe schon einiges über ihn gehört. Der ist in den Clubs hier allgemein bekannt.«

»Klasse! Sven, dann pirsch dich doch da mal ran und spitz deine Ohren, worüber die sich unterhalten. Das würde ich ja doch zu gern wissen.«

»Gretje! Ich soll die ausspionieren? Du bist wohl 'ne heimliche Miss Marple, was? Wir sind doch hier nicht im Krimi.«

Gretje grinste. »Piet hat auch schon gesagt, dass ich so einen sechsten Sinn hab und eine kriminelle Ader.«

»Kriminalistische Ader«, verbesserte Sven und schlenderte hinüber zu dem Brunnen.

Für Gretje und Piet ging es nun weiter zum Hafen.

»Ich glaube, wir sollten nicht überall zusammen auftauchen. Fahr du schon mal weiter zum Yachthafen, ich bleib noch hier und setz mich oben ins Café. Ich muss in Ruhe nachdenken.«

»Jau!«

***

Im Hafen-Café bestellte Gretje eine heiße Schokolade, legte ihr Handy auf den Tisch und breitete die Inselzeitung vor sich aus. Sie kritzelte ein paar Notizen neben das Bild der Vermissten. Aus den Augenwinkeln bemerkte sie eine Urlauberin am Nebentisch, die heimlich zur ihr hinüberlinste. Die Seniorin wartete nur darauf, dass sie sie ansprach.

»Mich würde so schnell keiner vermissen«, fing die Unbekannte das Gespräch dann auch wenig später an.

»Nicht? Das kann ich mir kaum vorstellen. Da sind doch Kollegen und Freunde und Familie. Irgendwer wird sich doch wundern, wenn man so gar nichts mehr hört«, teilte Gretje der Fremden ihre Gedanken mit.

»Jaa, vielleicht doch«, sagte sie gedehnt. Ein verstecktes Lächeln huschte über ihr Gesicht.

»Aber mal ganz ehrlich, die Frau ist erwachsen, die kann doch tun und lassen, was sie will. Die ist doch frei«, sagte die Unbekannte und tippte auf den Artikel. Sie stellte sich als Sabine vor und wollte wissen, ob Gretje eine Angehörige der Vermissten wäre.

»Nee. Ich kenn die nicht persönlich. Aber ich bin eine gute Freundin von der Nachbarin, die nun schon seit drei Monaten ihre Blumen gießt«, schwindelte Gretje und fügte noch hinzu: »Das kann doch so nicht weitergehen. Meine Freundin, die hat ja auch noch den Onkel Fritzi von ihr und muss sich den ganzen Tag sein Gezeter anhören und sich um den schrägen Vogel kümmern. Nee, wenigstens mal ein Anruf und ein Danke, das ist doch wirklich nicht zu viel verlangt.«

»Ach, wenn man frisch verliebt ist, dann kann das doch schon mal passieren. Ich hab die Britt damals kennengelernt. Im Zug. Sie war auch in Rheine umgestiegen und wir saßen dann im Abteil nebeneinander. Ich sitz ja lieber für mich allein, aber es waren Osterferien und der Zug war so voll«, erinnerte Sabine sich.

»Worüber haben Sie sich denn unterhalten? Wie war denn Ihr Eindruck? Ich kenne sie ja nicht persönlich. Else meinte nur, dass die immer freundlich grüßen würde und das Treppenhaus macht, wenn sie dran ist, und auch die Mülltonnen an die Straße stellt.«

»Ach, was man so erzählt. Über Norderney haben wir gesprochen und wie oft wir schon da waren. Also ich, ich bin ja Wiederholungstäterin«, sagte Sabine und zwinkerte. »Also, ich wollte sagen, dass ich mich in die Insel verliebt habe und wenigstens einmal im Jahr hinfahren muss. Die Britt, die hat mir erzählt, dass sie ganz lange nicht mehr da war. Ihr Mann war bei einem Unfall ums Leben gekommen und seitdem ist sie nicht mehr da gewesen. Alles hatte sich verändert, wie sie sagte. Kein Mann, kein Job, nichts! Aber ihren Onkel, den hatte sie nicht erwähnt. Jedenfalls nicht, dass ich mich dran erinnern könnte.«

Gretje presste die Lippen aufeinander, um nicht loszukichern. »Onkel Fritzi ist ihr Wellensittich!«, klärte Gretje nun auf, zeigte auf den Vogelkäfig, der im Hintergrund zu sehen war, und freute sich über ihr gesponnenes Seemannsgarn. Doch dann wurde die Ostfriesin wieder ernst und endete mit den Worten, dass man das Leben genießen muss. »Man weiß nie, wann es vorbei ist!«

»Genau das hatte Britt auch gesagt. Ich war ganz erstaunt über ihren plötzlichen Sinneswandel. Sie hat gesagt: Jetzt ist Schluss mit der Jammerei, mein Mann würde das auch nicht wollen. Ihr Therapeut hatte ihr in der letzten Sitzung ans Herz gelegt, wieder Spaß zu haben und auch mal etwas Verrücktes zu tun.«

Gretje nickte und hörte gespannt weiter zu.

»Das hat sie dann ja auch gleich umgesetzt!« Sabine bestellte einen Piccolo für sich und Gretje.

»Haben Sie sich mit Britt denn auf der Insel noch mal getroffen?«

»Nein, wir hatten uns nicht verabredet. Man sieht sich, haben wir gesagt, als wir aus dem Zug gestiegen sind. Auf der Fähre sind wir uns dann wohl über den Weg gelaufen, aber ich hatte noch andere Bekannte getroffen, und wie das denn so ist, man verliert sich aus den Augen.«

»Wieso glauben Sie denn dann, dass sie das gleich umgesetzt hat? Das hatten Sie doch eben gesagt?«

»Ich hab sie gesehen. Zusammen mit zwei Männern! Am ersten Tag schon. Den einen davon kannte ich. Ricardo!« Sabine schnaubte verächtlich. »Der hat ein sicheres Händchen für alleinstehende Frauen.« Die sympathische Norderneyfreundin trank ein Schlückchen und verriet, dass sie auch auf Ricardo reingefallen war.

»Und der andere, kannten Sie den auch?« Gretje befürchtete, die Stimmung könnte kippen, und prostete Sabine zu.

»Hach, der! Das war Ricardos bester Kumpel. Dieser ach so berühmte Schönheitschirurg! Rob van Geldern«, stieß sie hervor. Sie schaute einer Fähre beim Anlegen zu. Ihr Gesicht wurde auf einmal ganz weich und verträumt und sie fing an von Ricardo zu erzählen. »Diese eine Nacht mit ihm, die werde ich nie vergessen! Niemals! Ein Mann wie der war mir in meinem ganzen Leben, und das ist schon ziemlich lang, noch nicht begegnet. So einfühlsam und wahrhaftig an mir interessiert. Ich habe dem mein ganzes Leben erzählt, meine Wünsche und Sehnsüchte und woran ich glaube oder auch nicht. Ja, auch meine Ängste.« Gretje hätte gern erfahren, welche Ängste, aber da erzählte Sabine schon weiter.

»Ricardo hat mich in dieser Nacht auf jede erdenkliche Art und Weise geliebt. Er hat mich in seinen starken Armen gehalten und mir ins Ohr geflüstert, dass es mit der Einsamkeit nun endgültig vorbei wäre. ›Wir haben uns gefunden! Das

Suchen hat endlich ein Ende!‹, hat er wortwörtlich gesagt. Er hat mich sogar eingeladen auf seine Yacht. Mit mir wollte er über die Weltmeere segeln.« Sie seufzte abgrundtief.

»Donnerwetter!« Gretje musste diese Lovestory erst mal sacken lassen. Das klang voll romantisch, doch das war schon ein bisschen zu romantisch. »Und wieso ist nichts daraus geworden?«

»Ach, das möchte ich nicht erzählen.« Sabine schlug die Augen nieder und nippte noch einmal am Glas. »Am nächsten Morgen, da hat er eine Bemerkung gemacht, die er besser für sich behalten hätte. Er hatte mir wehgetan, er hatte meinen wunden Punkt getroffen. Ich war zutiefst gekränkt und bin dann zurück in meine Pension. Immer wieder musste ich daran denken und hatte es sogar ernsthaft in Erwägung gezogen. Aber nur kurz. Schweren Herzens habe ich ihm dann geschrieben, dass ich nicht bereit bin, das zu tun, was er von mir verlangt hatte. Erst im Nachhinein hab ich gemerkt, dass ich von ihm so gut wie nichts weiß.« Ein wehmütiger Ausdruck, aber auch Stolz trat in ihre Augen. »Ich bin doch nicht verrückt!«

»Wovon lebt der denn? Ist Ricardo auch Arzt?«

»Wie gesagt, ich weiß so gut wie nichts über ihn.« Wieder bekam sie diesen verklärten Gesichtsausdruck, es fiel ihr doch noch etwas ein.

»Er hatte zwischendurch ständig auf sein Handy geschaut, auch im Bett. Mich hatte das genervt. Aber er braucht das beruflich, hat er gesagt.«

»Und …? Hat er gesagt, wieso?« Gretje beugte sich zu Sabine rüber, wartete auf irgendwas, das ihrer Spürnase gefiel.

»Ja. Aber da konnte ich nicht viel mit anfangen. Ich bin da nicht so auf dem Laufenden, was im Social Media alles abläuft. Die jungen Leute wissen da besser Bescheid. Meine Tochter, sie ist schon Mitte dreißig, hat mich ausgelacht, als ich sie gefragt habe, ob es auch ältere Influencer gibt. Bei meinen Nachforschungen habe ich immer nur junge, schöne Menschen im Netz gefunden.«

»Was hat der? Influenza? Das kenne ich wohl, das ist doch eine Krankheit. Grippe, wenn mich nicht alles täuscht.«

Sabine fing herzhaft an zu lachen. »Genauso hab ich auch reagiert, als er davon gefaselt hat. Aber die Blöße habe ich mir natürlich nicht gegeben, ihn zu fragen, was ein Influencer ist. Das kann ich auch nicht wirklich erklären, das müssen Sie mal googeln. Jedenfalls ist Ricardo ein sogenannter ›Silver Influencer‹, habe ich später herausgefunden. Er meinte, dass er von seinem attraktiven Äußeren lebt, aber das sei ja vergänglich und so weiter. Weil Schönheit nicht alles ist, sucht er eine Frau, mit der er gemeinsam alt werden kann.«

»Was das nicht alles gibt! Junge, Junge, Junge!« Gretje beschloss, noch am selben Tag Piet danach zu fragen. Der wusste ja fast alles, was mit Internet zu tun hatte. Piet hatte sie es auch zu verdanken, dass sie ein Ih-Fohn hatte und WartsAb konnte. »Haben Sie Britt denn an dem Wochenende auf der Insel noch einmal wiedergesehen und sie gewarnt, auf was für einen Kerl sie sich da einlässt?«

»Nein! Warum sollte ich sie warnen?«, erwiderte Sabine empört. »Also ich meine, gesehen hatte ich sie noch einmal, nein zweimal. In der Strandstraße stand sie vor einem Ständer mit Postkarten. Und dann hatte ich sie am selben Tag abends am Geldautomaten gesehen. Die hat mich aber nicht bemerkt, sie war viel zu beschäftigt mit Geldzählen. Muss wohl eine größere Summe gewesen sein, hat jedenfalls ganz schön lange gedauert, bis sie die Scheine weggesteckt hatte. Ich wollte sie aber nicht ansprechen und bin gegangen. Das muss ich mir nicht antun, mir von seiner aktuellen Flamme die Ohren vollquatschen zu lassen, wie toll Ricardo ist. Womöglich auch noch Bettgeschichten! Nee, danke! Schließlich muss jeder seine Erfahrungen selber machen. Britt ist immerhin auch schon Mitte fünfzig, hat sie mir jedenfalls im Zug erzählt. Die muss das jetzt lernen, allein auf sich aufzupassen.«

»Hm. Verstehe. Es tut immer noch ein bisschen weh. Nicht wahr?« Gretje tätschelte Sabine den Arm, sie ließ es schweigend geschehen. Urplötzlich fiel ihr auf, dass sie schon viel zu lange in dem Café saß.

»Alles Gute!«, wünschte Gretje ihr, als sie nach der Jacke griff. »Vielleicht kann ich mich mal mit einem Kaffee revanchieren? Und wenn Sie das doch eventuell mal loswerden wollen, Sie wissen schon … dann rufen Sie mich einfach an. Ich kann schweigen«, sagte Gretje und fragte nach ihrer Telefonnummer.

»Danke, Gretje. Das Gespräch hat mir so schon sehr gutgetan. Ich drück Ihnen die Daumen, hoffentlich finden Sie Britt. Der arme Onkel Fritzi«, verabschiedete Sabine sich mit einem zaghaften Lächeln.

»Da nich für!«, erwiderte Gretje.

Wenig später radelte Gretje Blom vom Fähranleger zum Yachthafen. Unzählige weiße Masten ragten in den blaugrauen Himmel, Sport- und Segelboote schaukelten sanft auf dem trüben Wasser. Ein Anblick, der Gretje für einen Moment vergessen ließ, dass sie mit Piet verabredet war und den Fall Britt Meinders lösen wollte. Ihren Freund erblickte sie mit zwei Männern zusammenstehend, in ein Gespräch vertieft. Mit lautem Geklingel fuhr sie vor und schreckte das Grüppchen auf.

»Moin, meine lüttje Friesenrose, bist du jetzt satt und glücklich?«, neckte er sie und stellte ihr seine neuen Bekannten, Bootsbesitzer aus dem Club, vor.

»Moin zusammen. Satt bin ich nicht, hatte nur einen Kakao. Aber der war richtig gut.« Piet erzählte sie dann aufgeregt von ihrer Begegnung mit Sabine. »Die hat Britt an dem Wochenende gesehen, als sie sich einen Millionär fangen wollte. Ich erzähl dir das später in Ruhe.« Gretje sah sich die Boote an und zeigte auf eins, das hinter ihr vor Anker lag. »Ist das die Yacht von Ricardo? Eigentlich hab ich mir die viel imposanter vorgestellt.«

»Nee! Das ist meine Auguste«, sagte einer der Männer. Sie grienten und verrieten, dass sie sich über die rege Nachfrage weiblicher Touristen nach Ricardo allmählich amüsierten. »Täglich kommen Damen zum Yachthafen und erkundigen sich nach ihm. Der hat einen richtigen Fanclub. Alles hübsche Frauen, denen wir leider nicht weiterhelfen können. Der hat kurz nach Ostern abgelegt. Er träumte ja schon lange von einer größeren Segeltour, wenn nicht sogar von einer Weltumsegelung. Aber Ricardo erzählt viel, wenn der Tag lang ist. Und genauso viele Selfies macht der auch. So richtig weiß anscheinend niemand, wo der im Augenblick steckt.«

»Das ist ja komisch. Der ist also auch wie vom Erdboden verschluckt? Und Britt Meinders mit ihm?« Für Gretje Blom war der Fall klar, die beiden hatten sich eine Auszeit auf dem Meer genommen. Das war doch logisch.

»Nicht mal sein Busenfreund, unser Schönheitsguru mit dem Jaguar, weiß, wo er sich aufhält. Die zwei waren an den Wochenenden immer zusammen auf Piste«, erzählte der eine Bootsbesitzer.

Der andere hatte seine eigene Theorie. »Wenn der man nicht hinter schwedischen Gardinen sitzt.«

»Schwedische Gardinen?« Piet hob die Augenbrauen.

»Im Knast!«, klärte Gretje ihren Freund auf. »Hatte der denn was angestellt?«

»Nee. War nur Spaß. Aber es wird ja immer viel erzählt. Fragen Sie doch mal Rob van Geldern.«

»Vielleicht schippert Ricardo ja wirklich mit seiner Herzensdame über den Atlantik und will die Zweisamkeit genießen«, sagte Piet.

»Aber mit welcher? Britt Meinders?«

Die beiden heimlichen Hobbydetektive Piet Hansen und Gretje Blom schlenderten ein wenig weiter, am Hafenbecken entlang. Gretje erzählte, was Sabine Interessantes wusste, und fragte Piet über Influencer aus. Nach ausgiebigem Genuss der Yachthafenatmosphäre radelten sie zur Kleingartensiedlung.

Gretje hatte sich in den Kopf gesetzt, den Garten ihrer verstorbenen Freundin Frauke wiederzufinden.

***

»Was das nicht alles gibt«, sagte sie zu Piet, stieg vom Rad und linste durch ein Gartentor. Ein gelbes Ortsschild, auf dem ›Krügers Nationalpark‹ geschrieben stand, lachte sie an. Aber auch die vielen Gartenzwerge. Nach dem dreiundfünfzigsten hörte Gretje auf zu zählen.

»Hereinspaziert in Krügers Nationalpark«, lud der Gartenbesitzer freundlich ein und hielt ihnen das Tor auf.

Das Lächeln des Gärtners, der sich als Krüger vorstellte, war ebenso freundlich wie das seiner Zwerge. Und mit der Gießkanne in der Hand machte er einen ebenso vertrauenerweckenden Eindruck.

Stolz präsentierte er Gretje und Piet sein Paradies. Er nannte die Blumen beim Namen, pflückte Johannisbeeren und ließ die Senioren davon kosten.

Man merkte, dass dieses Fleckchen Erde mit viel Liebe gepflegt wurde und die emsigen Zwerglein nicht wahllos zwischen den Beeten ihren Platz gefunden hatten. Krüger lud seine Gäste zum Tee in seine Laube und Gretje fragte auch ihn, ob er sich an Britt Meinders erinnern konnte. Das Gesicht sagte ihm aber nichts. Bei Rob van Geldern und bei Ricardo war das anders. Von denen hatte er schon viel gehört, aber die Gesichter der ständig wechselnden Frauen konnte er sich nicht merken. Sie machten es sich in den Liegestühlen bequem. Gretje lauschte Herrn Krügers Geschichten und schlief darüber ein. Er war keine große Hilfe, jedenfalls nicht im Fall Britt Meinders.

Sie wurde erst wieder munter, als Piet sie mehrmals anstupste und fragte, ob sie schon von der Misswahl gehört hatte.

»Hmm.«

»Nimmst du auch an der Misswahl teil? Solltest du tun«, riet Krüger ihr.

»Mannomann! Was ihr aber auch alle habt. Der Fotograf, der hat das auch schon zu mir gesagt. Der meint doch glatt, ich bin eine Altersschönheit.«

»Was muss man denn da machen? Und was gibt das für einen Preis bei der Misswahl? Lohnt sich das überhaupt? Der ganze Aufwand?«

Herr Krüger durfte nicht zu viel verraten, nur die Teilnahmebedingungen gab er preis. Die Frauen sollten ostfriesische Wurzeln und einen Bezug zu Norderney haben, nicht jünger als achtzehn und nicht älter als hundert sein.

»Da hab ich ja man Glück, dass ich noch so ein junger Hüpfer bin«, scherzte Gretje.

»Bei der Kurverwaltung kann man sich auch schon anmelden. Es gibt schon eine Bewerberinnenliste.«

»Piet, was meinst du denn dazu?«, fragte sie, bekam aber die gleiche Antwort wie von den anderen. Auch er prophezeite ihr gute Chancen.

***

»He Jan«, grüßte Krüger den Inselpolizisten, der ohne Uniform des Weges geradelt kam und scharf bremste, als er Gretje und Piet bei seinem Gartenfreund stehen sah. »Willst du dir mal wieder die Hände schmutzig machen?«

»Das auch, aber erst mal will ich die Dame hier verhaften!«, entgegnete der Polizist todernst. Als er die Fragezeichen in seinem Gesicht sah, klärte er den Kleingärtner darüber auf, dass Gretje ihn schon kannte, als er noch nicht einmal laufen konnte.

»Buddelst du immer noch so gern in der Erde?«, fragte Gretje den Inselpolizisten. »Oder lieber nach einer Leiche am Strand?«

»Das tut mir immer ganz gut, wenn ich in der Erde wühlen kann. Dabei kriegt man wieder einen klaren Kopf«, meinte Jan. »Der Job bei der Polizei ist ja auch kein Honigschlecken.«

»Ach was?« Gretje sah ihn ungläubig an. »Aber so kriminell geht das doch hier auf der Insel nicht ab. Du hast doch ein feines Leben, wenn man mal von der ein oder anderen Leiche im Keller absieht.«

»Das glaubst du. Aber …« Jan senkte die Stimme. »Ich könnte dir Geschichten erzählen, da kommst du aus dem Staunen nicht mehr heraus.«

»Echt? Dann erzähl doch mal.«

»Sag mal, was hast du denn eben mit der Leiche im Keller gemeint?«

»War ein Witz. Das sagt man doch so.«

»Du bist aber nicht die Einzige, die mir mit diesem blöden Spruch kommt. Wenn das so weitergeht, dann träume ich bald davon.«

»Wer denn noch?«, fragte Piet.

»Caro, die hatte auch so was gesagt. Das hab ich auch für 'nen Witz gehalten. Ist das jetzt Zufall?«

»Nee. Ich schlage vor, wir sollten dem mal nachgehen«, regte Gretje an.

»Wir? Du meinst wohl die Polizei?« Dann hakte er nach, was sie denn auf dem Herzen hätte. »Du hast am Telefon ja richtig geheimnisvoll getan. Was wolltest du mir denn erzählen? Oder soll ich zuerst aus dem Leben eines Inselsheriffs berichten?«

»Jau! Schieß mal los!«, ermunterte Piet ihn.

Jan wischte sich die Erde an der Hose ab, grinste breit und berichtete, wie er tags zuvor einen Typen auf dem Weg zur Fähre im allerletzten Moment gestoppt hatte. »Stellt euch das mal vor, der braust mit zweihundert Sachen über die Insel! Und als ich ihn angehalten habe, da schiebt der nur seine Sonnenbrille auf die Nasenspitze und wedelt mit 'nem Hunderter. ›Ich muss die Fähre kriegen‹, ruft er mir zu und brettert mit Vollgas weiter.«

Gretje und Piet wechselten einen vielsagenden Blick.

»Der hat wohl geglaubt, er könnte mich bestechen. Aber da hat der sich gewaltig geirrt. Ich habe das Nummernschild notiert, war sowieso ein ziemlich auffälliger Wagen. Ein Jaguar. So einer wie der, von dem das Mädchen bei euch, diese Caro, erzählt hatte.«

»Dann war das bestimmt der Schönheitschirurg«, mutmaßte Gretje.

»Bingo!«

»Ja und was hast du dann gemacht?«

»Ich habe sofort am Fähranleger Bescheid gegeben, dass sie den Fahrer mit dem Kennzeichen nicht befördern dürfen. Dann bin ich mit dem Dienstrad hinterher und habe noch gesehen, wie der Herr van Geldern auf die Fähre fahren wollte. Direkt vor seinem Auto ging die Schranke runter. Der hat vielleicht mal geflucht!«

»Junge, Junge, Junge!! Jan, das hast du gut gemacht!« Gretje klopfte ihm anerkennend auf die Schulter.

»Auf der Wache habe ich dann seine Personendaten in den Computer eingegeben, und jetzt kommt's …«, berichtete Jan und steigerte die Spannung. »Der darf gar nicht fahren! Fahrverbot! Alkohol am Steuer und Geschwindigkeits-übertretungen.« Jan Berg rieb sich die Hände, wieder einmal war er erfolgreich gewesen. So machte ihm der Dienst Freude.

»Dann habe ich das ja doch richtig gesehen«, sagte Gretje und zeigte Jan das Schreiben, das sie bei ihrer Putzaktion abfotografiert hatte. Es war die Einladung zur MPU, Gretje nannte es »Idiotentest«, und sie wies auf das Datum. Für heute war der Termin angesetzt.

»Sieh mal einer an. Das ist aber richtig dumm gelaufen. Den müssen wir im Auge behalten.«

»Wie soll der denn jetzt wieder nach Hause kommen?«, überlegte Gretje.

»Tja«, sagte Jan, das Auto muss er wohl hier stehen lassen. Oder jemanden finden, der ihn chauffiert. Man kann ja sonst auch noch fliegen oder mit der Bahn fahren.«

»Gute Arbeit, mien Jung!«, lobte Gretje. »Das geschieht dem recht. Du hast ja mit der Caro gesprochen. Hat sie dir erzählt, wie der sie bedroht und eingeschüchtert hat?«

»Hmm. Mistkerl! Aber sie will ihn nicht anzeigen. Sie hat immer noch Angst, dass er sich rächen könnte. Ich habe ihr meine Karte gegeben, für alle Fälle. Nettes Mädchen übrigens.«

»Ich wollte dir noch etwas anderes zeigen, Jan. Das hätte ich jetzt glatt vergessen. Hier, guck mal.« Sie zeigte ihm ihre Aufnahmen aus dem Keller des Schönheitschirurgen und Piet hielt die Vermisstenanzeige daneben.

»Wenn du mich fragst, ist das ein und dieselbe Person«, kommentierte Piet und Jan schloss sich seiner Meinung an.

»Ich schlage vor, du machst eine Hausdurchsuchung bei dem!«, sagte Gretje bestimmt.

»Jau, Gretje! Und mit welcher Begründung? Es ist doch nicht verboten, sich Fotos von Frauen an die Wand zu hängen. Ihr glaubt doch nicht, dass ich mit der Begründung einen Durchsuchungsbefehl erwirken kann.« Jan Berg amüsierte sich, das Thema konnte er abhaken.

»Dann muss ich mich wohl selbst darum kümmern!«, erwiderte Gretje trotzig und sagte Tschüss. Sie war noch mit Sven verabredet.

Kapitel 12

Zielstrebig steuerte Gretje auf den Schalter der Kurverwaltung zu. Sie ließ sich die Unterlagen für die Misswahlen geben und trug sich in die Bewerberinnenliste ein.

»Ist was?«, fragte sie den jungen Mann hinter dem Tresen, der ihr die Papiere aushändigte. Er lächelte freundlich und schüttelte den Kopf.

»Junger Mann, ich bin noch keine hundert! Ich habe noch echt gute Chancen.«

»'Tschuldigung. Ich dachte ja nur.«

»So? Was hast du denn gedacht?«

»Ach, nichts. Aber Sie sind heute schon die dritte ältere Dame, die sich zur Wahl stellen möchte.«

»Und? Was ist denn da dran so komisch?«

»Na ja. Ich hatte gedacht, dass sich wahrscheinlich mehr Frauen in meinem Alter anmelden würden.«

»Das kommt bestimmt noch, mien Jung. Sind bestimmt nicht nur ältere Frauen so wie ich«, beruhigte sie ihn mit einem Augenzwinkern, drehte sich um und winkte Sven zu, der ihr entgegenkam. Sie reckte sich auf die Zehenspitzen, und ehe er wusste, wie ihm geschah, schmatzte sie ihm ein Küsschen auf die Wange. Über die Schulter warf sie einen Blick zurück und freute sich, dass der junge Mann ihr mit offenem Mund hinterhersah.

»Was war das denn? Hat das was zu bedeuten? Du bist doch sonst nicht fürs Drücken und Küssen?«, fragte er.

»Nee. Das bin ich auch nicht. Aber der Junge da«, sie deutete nach hinten, »dem musste ich mal eben zeigen, dass ich noch keine alte Schachtel bin.«

»Ach, so ist das!«, seufzte Sven. »Und ich dachte schon, du willst mit mir flirten.«

In der heimeligen Bar des Conversationshauses hatte Piet währenddessen nach einem ruhigen Plätzchen Ausschau gehalten und eine Nische gefunden, in der sie sich ungestört unterhalten konnten. Gretje fiel es schwer, ihre Neuigkeiten nicht sofort herauszuposaunen, aber Sven war zuerst dran.

»Nun mal raus mit der Sprache. Was haben die zwei sich denn nun erzählt?«, fragte Piet.

»Hm. Eigentlich nichts Aufregendes. Da muss ich euch leider enttäuschen. Der Schnack zwischen Lola und Rob war nicht besonders aufschlussreich.«

»Nee? Nun sag schon, worüber haben die sich denn unterhalten?«

»Die haben lang und breit übers Fliegen und den Flugplatz gequatscht. Dann fing Rob an, mit seinem Auto zu prahlen, und schließlich haben sie sich gegenseitig damit übertrumpft, wer wen kennt und welche Beziehungen hat. Rob hat Lola die Bars aufgezählt, wo man unbedingt hingehen muss, und dann haben sie abgemacht, sich gemeinsam ins Nachtleben zu stürzen. Rob kennt sich gut aus.« Gretje hörte zu und nickte. Sven zog die Stirn kraus und dachte angestrengt nach, es fiel ihm doch noch mehr ein. »Lola hat ihm dann vorgeschwärmt, wie cool es gewesen war, mit einem Lufttaxi überzusetzen. Rob hat interessiert zugehört und fragte nach Flugzeiten und Kosten und so weiter. Als Lola sagte: ›Dann flieg doch‹, gestand er, dass er wahnsinnige Flugangst hat und niemals freiwillig einen Fuß in so eine kleine Maschine setzen würde.«

»Sieh mal einer an! Das passt.« Gretje zählte eins und eins zusammen, man konnte ihr anmerken, wie es in ihrem Kopf arbeitete.

»Die Lola wollte sich wohl totlachen darüber und fing albern an zu kichern«, berichtete Sven. »Ich bin leider nicht der geborene Detektiv. Tut mir echt leid, dass ich nichts Interessanteres zu bieten habe. Ich konnte mich ja auch nirgends verstecken. Und wenn ich mich zu den beiden auf die Bank gesetzt hätte, wäre denen hundertprozentig aufgefallen, dass etwas nicht stimmt.«

»Hat sie auch was von Onno erzählt?«, fragte Gretje.

»Warte mal. Ja. Sie meinte, Onno wäre ein altes Schlitzohr. Und das Wort ›Finderlohn‹ ist in dem Zusammenhang auch gefallen. Und dann …« Sven lehnte sich zurück und starrte auf den roten Kronleuchter in der Bar. »Die beiden haben sehr vertraut und sehr leise miteinander getuschelt. An einer Stelle hat sie auch deinen Namen genannt und dann schnell hinzugefügt, dass sie aber alles im Griff hätte. Und dann hat sie Rob Sachen erzählt, die eigentlich keiner wissen will.«

»Ach? Was denn?«

»Sie hat ihm unter dem Siegel der Verschwiegenheit anvertraut, dass Onno ihr noch immer aus der Hand fressen würde. ›Der ist mir hörig‹, hat sie gesagt. Ich musste so aufpassen, dass ich nicht laut loslache. ›Eigentlich jeder Mann‹, rühmte sie sich. Theatralisch tupfte sie sich dann die Augen und hat ihm offenbart, dass sie zweifache Witwe wäre und dass das Leben ja so grausam ist, aber dass sie nach dem Motto leben würde: ›Hinfallen, aufstehen, Krönchen richten.‹«

Gretje kicherte. »Na und? Was hat der Rob denn dazu gesagt?«

»Der hat ihr auch noch Komplimente gemacht! Von wegen, so eine tolle, attraktive Frau, da würde ihn das überhaupt nicht wundern, dass die Männer so reagieren. Der hat so dick aufgetragen, dass ich auf der Schleimspur fast ausgerutscht wäre.«

»Und Lola?«

»Die hat das für bare Münze genommen. Die hat das echt geglaubt. In immer kürzeren Abständen hat sie ihn berührt, mal am Arm oder ihre Hand auf sein Bein gelegt. Die hat sich ihm immer so zugewandt, dass er an ihrem Ausschnitt beim besten Willen nicht vorbeigucken konnte. Und dummes Zeug hat sie gelabert. Ich konnte es kaum noch ertragen und habe so getan, als ob ich den Möwen zuschaue. Zwischendurch bin ich mal zu *Gosch* rübergegangen und habe mich mit einem Fischbrötchen gestärkt.«

»Das kann ich mir genau vorstellen, wie die den angebaggert hat. Und dann?«

»Über die Polizei haben sie noch abgelästert. Über die trotteligen Inselbullen. Man gut, dass keiner von denen in Sicht war. Und dann haben die sich in die Augen geschaut und sind zu dem Badekarren rübergegangen, der bei der Konzertmuschel steht. Hand in Hand.«

»So'n Schiet aber auch«, kommentierte Piet, während er auf seinem Handy nach etwas suchte.

»Ich natürlich so unauffällig wie möglich hinterher.« Sven senkte die Stimme. »Die beiden sind dann darin verschwunden und haben von innen abgeschlossen. Eigentlich bedeutet das ja, dass man dann online gehen will. Ob die wirklich einen Videogruß aus der Neybox gesendet haben? Ich glaube es ja nicht.«

»Das kann man doch dann im Internet nachgucken, nicht? Soll ich mal …« Gretje griff in ihren Rucksackbeutel, holte ihr Handy heraus und legte es wieder beiseite.

»Ganz so schnell geht das wahrscheinlich nicht. Aber das weiß ich auch nicht so genau. – Fünf Minuten habe ich bestimmt vor dem Badekarren rumgestanden und gewartet. Dann wurde es mir zu dumm und ich bin gegangen.«

»Video, hast du gesagt? Das glaubst du doch alleine! Geknutscht haben die, da bin ich mir sicher!«

»Meinst du wirklich, Gretje? Rob hat doch eine schöne Wohnung, wo sie völlig ungestört gewesen wären.«

»Heißmachen, sag ich nur.«

»Du kennst dich ja aus! Warst du wieder im Internet auf irgendwelchen fragwürdigen Seiten unterwegs?«

»Nee. Lebenserfahrung!«

»Wie sieht's aus, wollen wir auch einen Videogruß in die Welt senden?«

»Wie? Nach mein Ostfriesland? An meine Seniorengruppe nach Rhauderfehn? Und die vom Kopptraining auch?«

»Klar, warum nicht?«

Bevor sie gut gelaunt auf die Neybox zusteuerten, erinnerte Sven sie an das, was sie ihm erzählen wollte. Gretje berichtete mit unverhohlener Schadenfreude, dass Rob van Geldern jetzt wohl ein dickes Problem hätte und dass Jan Berg, der Inselpolizist, ein ziemlich scharfer Hund wäre.

Kapitel 13

Gretje verstummte, als sie in die Friesenrose zurückgekehrt waren, und gab Piet ein Zeichen, es ihr gleichzutun.

»Ihr habt wohl Geheimnisse oder was?«, fragte Onno und strich sich über den Bauch. »Wird Zeit, dass wir mal was zu essen kriegen.«

»Sag mal, Piet, was wolltest du mir denn noch erzählen?«, erinnerte Gretje ihn. »Dass die Rote Lola mit dem Rob den ganzen Tag rumpussiert, das ist ja nicht so interessant. Das Weib ist ja nun mal so veranlagt.«

»Was sagst du da?« Sämtliches Blut schoss in Onnos Kopf. Er baute sich vor Gretje auf und wirkte ganz schön einschüchternd. »Sag, dass das nicht stimmt!«

»Los, Piet, sag dem verpeilten Seebären, er soll mir aus dem Weg gehen.«

Piet schaute von einem zum anderen. Er machte um Streitereien lieber einen weiten Bogen. Als friedliebender Mensch brachte er es nicht übers Herz, für eine Seite Partei zu ergreifen.

»Nee, Gretje, das tu ich nicht. Wenn du dem was zu sagen hast, dann mach das gefälligst selbst. Bin doch nicht dein *Hein Blöd*.«

Onno klopfte ihm auf die Schulter. »Richtig so. Nicht unterkriegen lassen von den Weibern.« Er wich immer noch keinen Schritt zur Seite. Er stand so dicht vor Gretje, dass sie seinen Zorn riechen konnte und keine Chance hatte, sich an ihm vorbeizudrängeln.

»Gut, Onno. Wenn du das so haben willst.« Herausfordernd sah sie ihm in die Augen. »Deine Lola«, sie tippte auf sein Tattoo, »deine Lola, die führt was im Schilde. Da kannst du Gift drauf nehmen. Die ist heiß auf den Rob.«

»Nee, das glaub ich nicht. Die … die hat mir …« Er wich zur Seite, Gretje nahm Piets Hand und verschwand mit ihm in ihr Zimmer.

»Wir müssen noch mal in das Haus von Rob. Wir sollten uns den Keller vorknöpfen. Ich bin sicher, wir finden da noch mehr Hinweise.«

»Jau. Und wie kommen wir da rein?«, überlegte Piet. »Ich könnte ja noch einmal wegen dem Liebesschloss anklingeln und mich entschuldigen, weil ich es noch nicht entfernt habe.«

»Nee«, meinte Gretje und horchte. Es hatte geklingelt.

Der Stimme nach musste das Lola sein. Sie stritt mit Onno, und zwar dermaßen laut, dass man jedes Wort verstand. Gretjes Miene erhellte sich, je länger sie lauschte. Onno war stinksauer und hielt der Roten Lola vor, dass sie mit Rob pussierend gesehen worden war.

»Händchen haltend bist du mit diesem Schönling durch den Ort flaniert!«, rief er aufgebracht.

»Ach Onno, das ist doch alles Quatsch. Hat die Olle dir das erzählt?«, versuchte Lola ihn zu beschwichtigen.

»Damit du das ein für alle Mal kapierst, das ist nicht die Olle! Das ist meine Gretje, da lass ich nichts drauf kommen. Das habe ich dem Freddy versprochen, dass ich ein Auge auf seine Braut haben werde, wenn er mal nicht mehr da ist.«

Gretje hielt den Atem an, so in Rage hatte sie Onno noch nicht erlebt. Das war ja spannend, was sie erfuhr, davon hatte ihr Freddy nie etwas erzählt.

»Die Gretje hat dir also diesen Unsinn geflüstert?«, keifte Lola. »Oder ihr Liebhaber, der Piet?« Sie zischte den Namen Gretje in den Raum und Piet zuckte zusammen, als er seinen hörte, und schüttelte nur den Kopf.

»Das muss ich wohl mal eben klarstellen.« Schon war er in der Tür. Gretje lief ihm hinterher, sie konnte ihn nicht mit der Frau allein lassen.

»Was hast du gerade gesagt?«, raunzte er Lola an. Sie hüstelte und räusperte sich, suchte Onnos Blick und ging dann zum Gegenangriff über.

»Der Lauscher an der Wand hört seine eigne Schand.« Sie grinste ihn an und setzte dann hinterher: »Das hast du schon richtig verstanden, mein lieber Piet.«

»Lauschen? Bei dem Gezeter? Dass ich nicht lache. Und damit das auch mal klar ist: Die Gretje, das ist meine beste Freundin. Meine Kumpeline. Das ist das beste Mädchen, das ich kenne. Da kann ich mich immer drauf verlassen und kochen und backen kann die wie keine andere.«

»Mädchen? Haha! Das Mädchen ist mindestens achtzig plus. Eine alte Frau, eine Greisin ist das! Spinnert, verwirrt und nicht ganz dicht im Kopf. Und du, Piet, du bist immer noch heiß und so was von geil. Das sieht man dir doch schon von Weitem an.« Sie bohrte ihren Fingernagel in Piets Brust, doch der schob sie brüsk von sich. »Wenn du nicht ihr Lover bist, dann doch nur deshalb, weil es bei dir nicht mehr so richtig klappt!!!« Sie sah auf die Stelle seiner Hose, auf die sie anspielte. »Da solltest du lieber mal zu mir kommen. Ich würde dir schon helfen.« Herausfordernd sah sie zu, wie er nach Worten rang. Sie hatte voll ins Schwarze getroffen, davon war sie überzeugt.

Piet klappte der Unterkiefer runter. Er schnaufte vor Wut, ballte seine Faust, steckte sie aber wieder in die Tasche. Gretje ging zu ihm und legte ihm die Hand auf den Arm. Lola hatte den wundesten Punkt eines Mannes getroffen. Das war ein Schlag unter die Gürtellinie. Das konnte Gretje ihr nicht durchgehen lassen.

»Nun ist aber genug!« Sie bedachte Lola mit einem vernichtenden Blick. »Was glaubt ihr denn, wie alt das rote Luder ist?«, fragte sie die beiden Männer, denen es die Sprache verschlagen hatte. »Die hat ihren fuffzigsten Geburtstag doch schon damals gefeiert, als es noch die D-Mark gab. Das sind doch schon über zwanzig Jahre her. Und nun erzählt sie jedem, dass sie neunundfünfzig ist.« Gretje sah ihre Männer an und grummelte kopfschüttelnd: »Wie kann man nur so blind sein? Onno! Tu endlich was!«

»Mann ey, was soll ich denn jetzt tun?«

»Das fragst du noch? Entweder die oder ich! Mit dem Frauenzimmer halte ich das keine Nacht mehr unter einem Dach aus.«

Lola hatte allerdings nicht vor, sich ein neues Quartier zu suchen, und probierte es nun mit einer anderen Strategie. »Mein Onnolein, mein starker Bär, nun sag doch was«, forderte sie ihn auf. »Setz deine welke Friesenrose vor die Tür. Ich kann doch nichts dafür, dass der Rob sich spontan umentschieden hat und noch nicht nach Hause gefahren ist. Der hat mir erzählt, dass er den ganzen Tag an mich denken musste. Und dann stand er schon am Fähranleger und wollte gerade drauffahren …«, plapperte Lola.

»Und dann ging die Schranke runter. So ein Pech aber auch!«, ergänzte Gretje gehässig.

»Quatsch! Da spielten sie im Radio das Lied *Lola*. Als er das gehört hat, da hat er gedreht und ist zurück in sein Häuschen gefahren und dann hat er mich angerufen. Da kann ich doch nun wirklich nichts dafür.« Lola wurde nicht einmal ein bisschen rot bei dieser Lügengeschichte.

»Ach was!«, riefen Piet und Gretje wie aus einem Munde.

»Dann übernachte doch bei Robby, wenn das so ist.«

»Aber nicht doch. Ich kann doch meinen Onno nicht schon wieder im Stich lassen. Nicht wahr, Onno?« Ihre Hand glitt für jeden sichtbar an sein Hinterteil. »Doch nicht nach der vergangenen Nacht, nicht wahr, mein Bärchen?« Mit einem mitleidigen Lächeln bedachte sie Piet. »Der steht nämlich … auf mich. Voll!« Jetzt klopfte sie Onno auch noch auf den Hintern. »Bitte, bitte«, schnurrte sie, »lass mich nur noch eine Nacht hier schlafen.«

Onno knurrte etwas Unverständliches und schaute hilfesuchend zu Gretje. Aber sie erwiderte seinen Blick nicht, sie sah durch ihn hindurch.

»Danke!«, flötete Lola, hüpfte die Treppe hinauf, schmiss sich in ihr Partyoutfit, schnappte sich den Wohnungsschlüssel und eilte wieder zur Tür. »Es kann spät werden! Onno, mein starker Seebär, du musst nicht Nachtwache schieben und auf mich warten.« Sie hinterließ einen roten Kussmund auf seiner Stirn und weg war sie.

»Das ist zu viel für mich«, keuchte Gretje und holte die Fittamine aus dem Kühlschrank. »Ich fahr morgen Abend mit Sven nach Hause«, verkündete sie. »Der hat mir das angeboten, falls das noch schlimmer wird mit der Roten Lola.«

»Dann komme ich auch mit!« Piet sah immer noch aus wie ein geprügelter Hund. »Nacht zusammen«, murmelte er und schweren Schrittes schlurfte er in sein Dachstübchen, nachdem er Gretje einen zaghaften Kuss auf die Wange gedrückt hatte. »Du hast das gut gemacht, meine Friesenrose. Das wollte ich dir nur mal eben sagen.«

Gretje redete mit Onno kein einziges Wort mehr, auch wenn es ihr in der Seele wehtat, sich so zu verhalten. Onno hatte sie verteidigt, und dann war er doch schwach geworden. Das hatte sie nicht von ihm gedacht. »Schlappschwanz!«, zischte sie ihm im Hinausgehen zu, sie war bitter enttäuscht.

»Gretje!«, rief Onno und lief hinter ihr her. »Nun warte doch mal. Da ist noch was, das wollte ich dir noch sagen.«

Sie drehte sich um und prallte frontal mit ihm zusammen. »Mann, gut, dass du gepolstert bist.«

Er legte den Arm um sie und wusste mit einem Schlag nicht mehr, was er eigentlich sagen wollte. In Gretjes Augen standen Tränen. Sein altes Mädchen weinte und das war das Allerletzte, was er wollte und was er ertragen konnte. Weinende Frauen waren ihm schon immer ein Gräuel gewesen.

»Oh Mann. Was bin ich doch für ein Trottel!«, schimpfte er mit sich selbst. Er nahm ein Taschentuch und tupfte zaghaft ihre Tränen ab.

»Jau!«, stimmte Gretje zu. Sie schnäuzte sich, wischte mit dem Ärmel noch einmal übers Gesicht und befreite sich aus seinem Arm. »Was willst du mir denn noch sagen?«

»Ich hab dir da 'nen Zettel hingelegt, auf deinen Sekretär. Von dem Rob. Der war heute Morgen hier vorbeigekommen und hat gemeint, dass dein Fahrrad geklaut worden ist. Direkt vor seiner Tür.«

»Nee, das ist nicht geklaut worden. Das hat mir der Piet zurückgebracht.«

»Der hat mir auch noch erzählt, dass ihm hier noch ein wichtiger Termin dazwischengekommen ist und dass er nun ein paar Tage länger auf der Insel bleiben muss.« Onnos Miene verfinsterte sich. »Der hat aber nicht ein Sterbenswörtchen davon gesagt, dass er wegen der Lola hiergeblieben ist. Mannomann, das Weibsbild bringt mich immer noch um den Verstand.«

»Jau!«, bekräftigte Gretje. »Sonst noch was?«

»Der hat angefragt, ob du morgen früh noch einmal bei ihm zum Putzen kommen kannst. Für ein Stündchen. Er erwartet wichtigen Besuch, hat er gesagt. Und er würde dich auch anständig bezahlen.«

»So. Wann denn?«

»Er meinte, so um elf, das wäre gut.«

»Das kann der haben. Und morgen Abend reise ich ab. Damit das man klar ist.«

»Willst du dir das nicht noch einmal überlegen? Denk doch mal an die vermisste Frau. Du willst sie doch finden!«

»Na ja«, sagte Gretje. Onno hatte eigentlich recht. Sie konnte jetzt nicht einfach abhauen und aufgeben. Sie musste Jan Berg einen Grund für eine Hausdurchsuchung liefern. Der Putzjob bei van Geldern kam wie gerufen. Ihr fehlte nur noch die zündende Idee, wie sie Piet bei ihm einschmuggeln konnte. »Ich schlaf erst mal eine Nacht drüber«, sagte sie zu Onno, wusste aber schon jetzt, dass sie noch länger in der Friesenrose bleiben würde.

Kapitel 14

Das Gepolter und Türenknallen in der Nacht schreckte Gretje nur kurz aus dem Schlaf. Nach einem Blick auf den Wecker drehte sie sich wieder um und verpennte den Streit, der zwischen Onno und Lola entbrannt war.

Onno kauerte wie ein Pirat, der dem Galgen soeben entronnen war, in seiner Küche und häufte sich Rührei mit Speck auf seinen Teller. Er erzählte Gretje, dass Leon in dieser Nacht nicht nach Hause gekommen war und dass Piet seine liebe Last gehabt hatte, die betrunkene Lola von seinem Bett fernzuhalten.

»Was mach ich denn bloß, wenn ihr alle weg seid und ich wieder ganz alleine hier bin? Das halte ich nicht lange durch, wenn die jede Nacht über mich herfällt.«

»Mann, Onno, was überlegst du denn da noch? Da gibt's nur eine Lösung: Das Weib muss weg!« Gretje hatte sich zwar geschworen, die Mauer des eisigen Schweigens nicht zu brechen, aber als sie den starken Onno in sich zusammengesunken am Tisch hocken sah, mit dunklen Rändern unter den sonst lustig dreinblickenden Augen, da konnte sie nicht anders. »Denk doch mal an früher. Daran, als sie mit deinen Ersparnissen und einem anderen Kerl durchgebrannt ist. Freddy hat mir das wohl erzählt, dass du …«

»Nee, sei still! Erinnere mich bloß nicht daran. Das war die Hölle!«

»Und willst du jetzt wieder die Hölle erleben? Du kannst das doch eigentlich so schön haben. Mit Leon und mit mir und Piet. Für ein fünftes Rad am Wagen ist hier nun mal kein Platz.« Gretje ereiferte sich und wollte ihn wieder in die richtige Spur bringen. »Ich sag dir das nicht, weil ich dich ärgern will, Onno, oder weil ich dir kein Liebesleben gönne. Das kannst du haben, soviel du willst. Ich sag dir das, weil du Freddys bester Kumpel gewesen bist. Und du bist doch auch mein Freund. Da muss man doch, verdammt noch mal, ein bisschen aufeinander aufpassen.«

Onno schlurfte zum Herd und schlug noch ein paar Eier in die Pfanne. »Willst du auch was? Musst dich ja man stärken, fürs Putzen nachher.«

Gretje verschlang das Rührei, wollte ausnahmsweise Kaffee statt Tee und zerstreute Onnos Bedenken wegen der Putzerei.

»Was ist denn schon dabei? Der ist doch so dösig, vielleicht liegt der ja noch in den Federn, wenn ich ankomme?«

»Wo willst du ankommen?«, fragte Piet, als er frisch gestylt in der Küche erschien und sich über das laute Schnarchen aus Zimmer fünf lustig machte. »Mann, hatte die einen im Kahn!«

»Ich hab nix gehört. Nur einmal, so gegen vier. Aber dann habe ich mir was in die Lauscher geschoben und noch ganz dolle, schöne Sachen geträumt.«

»Wie? Was denn für dolle Sachen?«

»Von mien Freddy«, sagte Gretje und fing an zu glucksen.

»He!«, schmetterte Leon unbefangen. Er war nur nach Hause gekommen, um sich schnell umzuziehen, bevor er wieder zur Arbeit musste.

»Moin«, brummte Onno. »Du hast dich gefälligst abzumelden, wenn du über Nacht wegbleibst.«

»Na, Käpt'n, gibt's neue Regeln? Und wie ist das mit der Nachtruhe?« Er grinste frech, als er Onnos verdrießliches Gesicht bemerkte. »Hattest wohl wieder eine heiße Nacht?«, meinte er anzüglich und nahm Gretje fest in den Arm. »Im Gegensatz zu unserer zauberhaften Gretje, die wieder einmal taufrisch aussieht.« Er drückte ihr ein Küsschen auf die Wange, ging nach oben und blieb auf halbem Wege stehen. »Ist etwa ein Baumfäller bei uns eingezogen? Was macht der denn auf Norderney?«

»Lola! Lo...ho...ho...ho...hola!«, klang der Singsang einstimmig von unten herauf.

Leon horchte. »Das klingt aber nicht sehr damenhaft!«

»So, Jungs. Wie sehe ich aus?« Gretje drehte sich mit Kittel und Kopftuch verkleidet einmal um sich selbst, es fehlten nur noch der Wischeimer und der Besen. »Die dösige Alte wird jetzt mal bei dem feinen Herrn groß reinemachen.«

»Und ich komme mit!«, meldete sich Piet zu Wort und duldete keinen Widerspruch.

Onno atmete hörbar auf. »Denn bist du ja doch noch zur Vernunft gekommen und bleibst noch bei mir!«

»Jawoll!«, bestätigte Piet. Die Abenteuerlust war in ihm erwacht. Seine Gretje würde jetzt nicht eher Ruhe geben, bis sie das Rätsel um Britt Meinders gelöst hatte. Selbstverständlich war er auch mit von der Partie und würde sie keinen Moment aus den Augen lassen. Schon gar nicht, wenn sie sich noch einmal in die Höhle des Löwen wagte. »SOKO BRITT«, schlug er vor. Sie klatschten sich ab. Sie würden es dem Inselpolizisten schon zeigen und herausfinden, wohin Britt Meinders sich mit ihrem Millionär abgesetzt hatte.

»Ich bin auch mit dabei!«, sagte Onno.

»Aber nur, wenn du für klare Verhältnisse sorgst!« Darin waren sich Gretje und Piet einig.

***

Gretje wunderte sich, dass sich bei Rob van Geldern nichts regte. Die Jalousien waren um diese Zeit noch heruntergelassen. Sie gab Piet ein Zeichen und klingelte ein drittes Mal. Schlurfend näherten sich Schritte. Der Chirurg öffnete die Tür im Schlafanzug. Mit glasigem Blick starrte er Gretje an und erinnerte sich wohl nur langsam, dass er die komische Alte zum Saubermachen herbestellt hatte.

»Moin Gretje, da sind Sie ja.«

»Moin!« Angeekelt wich sie einen Schritt zurück. Der Hausherr müffelte nach einer durchzechten Nacht.

»Was soll denn heute geputzt werden?«, fragte sie. »Das Badezimmer ja wohl zuletzt? Soll ich im Keller anfangen und da mal die Spuren beseitigen?« Mit der Frage begab sie sich auf dünnes Eis, das wurde ihr aber erst klar, nachdem sie sie gestellt hatte.

Rob kapierte Gott sei Dank nicht, worauf sie anspielte. Gretje kam ihm zu Hilfe.

»Junge, Junge, Junge! So wie du aussiehst, willst du dich doch wohl erst mal frisch machen. Kiek dich doch mal an!«, sagte sie und duzte ihn, obwohl er immer schön beim Sie blieb. »Ich fang dann mal hier unten an. Eine Stunde.« Sie schaute auf ihre Uhr. »Es ist jetzt genau sieben Minuten nach elf.«

»Ach ja, sicher. Das müsste reichen. Ich erwarte noch jemanden, einen Immobilienmakler.«

»Ach so!«

»Sie wissen ja, mein Haus der Schönheit. Nächsten Sommer ist es so weit.«

»Verstehe. Und ich hab schon gedacht, Damenbesuch«, sagte sie schmunzelnd. »Dann muss ja alles picobello sein. Man will den Damen ja immer imponieren.« Sie zog den Kittel über, band sich das Kopftuch um und streckte die Hand aus. Es dauerte einen Moment, bis der Groschen bei ihm fiel.

»Fünfzig Euro?«, bot Rob an.

»Nee, Meister. Das hatten wir ja schon für die halbe Stunde neulich. Das Doppelte von einer halben Stunde ist eine ganze Stunde. Macht also hundert Euro.«

Rob pfiff durch die Zähne. Kommentarlos legte er den grünen Schein auf die kleine Kommode im Flur.

Gretje wollte den Schein sofort einstecken, aber da klopfte er ihr auf die Finger.

»Sie glauben wohl, ich merke nicht, welches Spiel Sie mit mir spielen, Sie kleine Diebin! Wo haben Sie eigentlich die Sachen gelassen, die beim letzten Mal hier herumlagen? Ich kann sie einfach nicht wiederfinden.«

»Was denn für Sachen?« Gretje griff zum Besen und versuchte mit einer Gegenfrage Zeit zu gewinnen. So dösig, wie sie geglaubt hatte, war Rob van Geldern doch nicht. »Das mit der Immobilie. Kannst du mir das mal so erklären, dass ich das auch verstehen kann? Das will mir nämlich nicht einleuchten, wieso man das auf Norderney errichten will.«

Rob sah auf die Uhr und verlor sich dann in seinem Lieblingsthema, in der Schönheitschirurgie. Sie hatte ihn mit der Frage aus dem Konzept gebracht. Aus einer Vitrine holte er ein paar glänzende Instrumente, mit denen er Gretje gefährlich vor der Nase herumfuchtelte.

»Dass sich die Frauen so was antun müssen«, schimpfte sie und wich einen Schritt zurück. »Das tut doch weh, oder?«

»Nicht, wenn man schön stillhält. Gut, ein paar Einblutungen können schon mal vorkommen«, erläuterte der Mediziner. Das Lächeln, mit dem er Gretje über die Nebenwirkungen aufklärte, hatte etwas Teuflisches.

»Was denn für Einblutungen?«, fragte Gretje. Sie spürte, wie ihr Herz raste und ihre Knie zitterten.

»Blaue Flecken, wenn Sie das besser verstehen. Bei Ihnen, verehrte Gretje, lässt sich ganz schön was machen.« Er sah sie mit einem hypnotischen Blick an. Der Unterton, mit dem er das Wort »verehrte« aussprach, behagte ihr überhaupt nicht. Noch weniger gefiel ihr das Gefummel an den Ampullen, die er mit sicherem Griff köpfte.

»Also, wenn ich mal was fragen darf …«, fing sie zaghaft an. Sie dachte an ihren Freddy, der immer gesagt hatte: *Gretje, du machst das schon.*

»Aber sicher, gute Frau«, erwiderte Rob und träufelte eine Flüssigkeit auf einen Wattetupfer. »Fragen Sie, solange Sie es noch können.«

»Was ich nicht verstehen tu: Warum ist die Lola letzte Nacht nicht bei dir geblieben? Ihr seid doch zusammen durch die Kneipen gezogen, und dann …«

Piet drehte eine weitere Runde um den Jaguar, bewunderte die Armaturen aus echtem Holz und fragte sich, ob das Kirschbaum- oder Walnussholz war. So ein Schlitten, mit dieser Ausstattung, der kostete ein Vermögen.

Inzwischen war es elf Uhr dreißig, seine Besorgnis wuchs mit jeder Minute, die verstrich. Von Anfang an hatte er ein ungutes Gefühl bei der Sache gehabt. Er hätte Jan Berg einweihen sollen. Wahrscheinlich hätte der ihn aber ausgelacht. Piet ging die Situation nicht aus dem Kopf, als der Mediziner sich vor ihm aufgebaut und mit hämischem Grinsen seine Spritzen vorgeführt hatte. Ein blöder Scherz! Den er sich bei Gretje hoffentlich nicht noch einmal erlaubte.

Piet hielt die Luft an und duckte sich weg. Mit wiegendem Gang marschierte eine Rothaarige mit Reisegepäck über die Straße, direkt auf Robs Haus zu. Lola! Vor der Haustür blieb sie stehen, holte einen Schlüssel aus der Tasche, steckte ihn ins Schloss und zog ihn wieder heraus. Sie warf einen verliebten Blick auf Robs Lieblingsspielzeug unterm Carport, seinen Jaguar. Piet versteckte sich hinter dem Kaminholz und beobachtete sie.

»Wir zwei …«, raunte die Rothaarige dem Auto zu und fuhr mit zarter Hand über den glänzenden Lack. Dann ging sie zurück zum Haus und verschwand darin.

***

»Also, das mit den Falten weg, das kann ich mir wirklich nicht leisten. Das hab ich dir doch schon mal gesagt«, sagte Gretje ärgerlich. Aber Rob fing immer wieder davon an. Er wedelte jetzt mit einem Papierwisch vor ihrer Nase herum, den sie unterschreiben sollte. »Also pack die Dinger wieder ein.« Sie war geladen, nahm den Wisch, zerriss ihn in der Mitte und schlug Robs Hand zur Seite.

»Sieh mal einer an«, vernahm Gretje von der Tür her eine vertraute Stimme. Nur leider war es nicht Piet und auch nicht Onno. Sondern der einzige Mensch, dem sie die Pest an den Hals wünschte. »Da hat aber jemand ein kleines bisschen Angst! Oder sogar ein großes bisschen?«

»Ha! Da kennst du mich aber schlecht!« Gretje hielt sich an ihrem Besen fest. Zornig erwiderte sie Lolas Blick.

»Ach nein? Das können wir aber ganz schnell ändern, verehrte Gretje«, knurrte Rob, schlug ihr den Besen aus der Hand und umklammerte ihre Gelenke mit eisernem Griff. »Liebe Lola«, sagte er dann, »darf ich dir am lebenden Modell einmal vorführen, wie gefühlvoll ich eine Spritze geben kann?« Er grinste. »Man nennt mich auch *der Stecher*!«, rühmte er sich.

Lola kicherte dämlich und fragte, ob er ihr nicht besser am lebenden Modell demonstrieren könnte, wie böse Nebenwirkungen aussehen, falls mal etwas nicht glattgeht.

Sie tauschten einen vielsagenden Blick, Gretje deutete ihn als Einverständnis. Er nickte Lola zu. Sie nahm einen Stuhl und drückte Gretje auf die Sitzfläche nieder. Als Rob einen Moment nicht bei der Sache war, sprang Gretje auf und versetzte Lola einen kräftigen Tritt vors Schienenbein.

»Na warte!«, zischte sie. »Robby, lass uns doch mal einen Moment allein. Ich habe noch ein ernstes Wörtchen mit deiner Putzfrau zu reden.« Rob zögerte. Doch dann ging er duschen, wie Lola es ihm empfohlen hatte.

»Ist da Botox drin oder ein Filler?«, fragte sie noch, bevor er sie mit Gretje allein ließ.

»Das rechts ist Hyaluron! Das beste am Markt, aus echten Hahnenkämmen. Sei nicht zu verschwenderisch damit. Das Zeug ist ziemlich teuer. Bringt bei der Alten sowieso nicht mehr viel. In den anderen ist ein Beruhigungsmittel.« Rob rauschte hinaus, wenig später plätscherte es in der Dusche.

»So«, säuselte Lola. »Dann wollen wir dich mal verjüngen. Oder willst du wirklich für den Rest deines Lebens, der ja nicht mehr lang ist, wie eine verschrumpelte Kartoffel herumlaufen?

Was sollen denn deine Verehrer davon halten? Der geile Onno und der dusselige Piet?«

Gretje spürte ihr Herz rasen. In ihrem Kopf herrschte Chaos, kein Wort kam über ihre Lippen. Atmen, ruhig atmen, sagte sie sich immer wieder. Wenn Piet doch endlich reinkommen würde! Sie hatte die Tür für ihn doch extra einen Spaltbreit offen gelassen. Hoffentlich war sie jetzt nicht von innen verschlossen.

Auch Lola schwieg. Sie nahm ihr Seidentuch vom Hals und drehte es vor Gretjes Augen zu einer festen Kordel. Mit einem Ruck zog sie die Enden auseinander.

»Was soll ich denn bloß mit dir machen, liebe Gretje? Du bist böse. Du hast mein Bärchen gegen mich aufgehetzt und nun stehe ich hier mit meinen Koffern und kann nirgends hin. Dafür sollte ich dich bestrafen.« Sie wirkte unentschlossen, ihre Augen glitten zwischen dem Seidenschal und den Injektionsspritzen hin und her. »Wieso bist du nur so nachtragend und so verbiestert? Das ist doch schon so lange her. Dein Freddy war nun mal kein Kostverächter.« Sie lachte tief und ordinär. Unter der Dusche fing Rob laut und schräg an zu singen.

»Lass meinen Freddy aus dem Spiel!«, fauchte Gretje aufgebracht. Ihre Augen funkelten Lola an wie die einer Raubkatze vorm Angriff.

»Ich könnte dich auch vorher betäuben.« Eiskalt lächelnd drehte die alternde Diva eine Injektionsspritze zwischen ihren Fingern. »Aber so wie ich dich kenne, bist du ja hart im Nehmen«, entschied Lola sich dann doch gegen eine Betäubung. »Aber keine Sorge, du stirbst nicht. Noch nicht. Ich werde doch meine langjährige Erzfeindin nicht so schnell hergeben.«

»Das ist ja sehr beruhigend!«, seufzte Gretje. »Hab's doch immer gewusst, dass tief in dir doch noch ein guter Kern steckt.« Lolas Augenbrauen gingen in die Höhe, darauf musste sie unbedingt näher eingehen. Aber Gretje war noch nicht fertig. »Hart im Nehmen, das bin ich. Aber auch hart im

Geben!« Schon verpasste sie ihrer Gegnerin eine saftige Ohrfeige. Bedauerlicherweise traf ihre Hand dabei mit voller Wucht ihr makelloses Näschen. Sofort schoss ein Schwall Blut daraus hervor. Innerhalb weniger Sekunden war der flauschige helle Teppich blutrot gesprenkelt. Hysterisch drückte Lola sich das Seidentuch ins Gesicht und schrie nach Robby. Doch in der Dusche plätscherte es gleichmäßig weiter.

Gretje nutzte ihre Chance. Sie rammte Lola den Ellenbogen in den Bauch und rannte davon. Der Hunderter auf der Kommode war ihr jetzt auch egal. Den hatte Lola sich redlich verdient. Diese Sauerei musste sie selbst beseitigen.

Gretje fiel Piet in die Arme, als sie die Haustür aufriss und ins Freie stürmte. Sie lief an ihm vorbei, schnappte sich ihr Rad und sauste in Windeseile davon. Piet rannte nebenher und konnte sie hinter der nächsten Ecke stoppen. Die Blutspuren auf Gretjes Kleidung ließen Schlimmes vermuten.

»Piet!«, japste sie atemlos. »Das hab ich nicht gewollt. Die wollte mich kaltmachen. Das war Notwehr!«

»Was ist denn los? Du hast sie doch nicht …« Piet schluckte. Er sah seine Freundin entgeistert an, die stand völlig neben sich, wie unter Schock.

»Das hätte ich am liebsten gemacht«, fauchte sie. »Aber an der mach ich mir nicht die Finger schmutzig. Das ist das Aas nicht wert.«

Piet atmete hörbar aus. Er nahm Gretje in den Arm und wiegte sie darin, bis sie sich einigermaßen beruhigt hatte und ihm erzählen konnte, was geschehen war. Im Affekt tat man ja schon mal Dinge, die man hinterher bitter bereute.

»Wenn man nicht immer auf dich aufpasst!«, meckerte er, aber es klang wie eine versteckte Liebeserklärung. »Sollen wir auf der Polizeiwache vorbeifahren? Du solltest Anzeige erstatten«, riet er ihr.

»Ach was. Ist ja nichts passiert«, wehrte Gretje ab. »Der schöne Rob, der ist mit Lola schon genug gestraft, der weiß es nur noch nicht.« Ein kleines Lächeln breitete sich auf ihrem Gesicht aus. »Sag mal, Piet, findest du auch, dass ich wie eine verschrumpelte alte Kartoffel aussehe?«

»Oh Mann, Gretje! Den Quatsch, den glaubst du doch wohl selbst nicht.« Mit dem Daumen fuhr Piet so zart über die feinen Linien rings um ihre Augen, die Stirn und den Mund, als wäre es das Edelholz in den Armaturen eines Jaguars. »Nee, wie eine Kartoffel siehst du nicht aus«, stellte er fest. »Auch wenn ich Kartoffeln richtig gern mag. Du bist gefährlich und schön wie eine Wildrose, die noch lange nicht verblüht ist.«

Verlegen vergrub Gretje ihren Kopf an Piets Brust. Mit solchen Sprüchen konnte sie nicht gut umgehen. Was sollte sie darauf erwidern? Hatte Lola etwa recht mit ihrer Behauptung, dass Piet in sie verliebt wäre?

»Unkraut vergeht nicht so schnell«, nuschelte sie in seinen Pulli. »Da hätte aber nicht viel dran gefehlt.«

Kapitel 15

Frisch geduscht, rasiert, das volle Haar sportlich aus der Stirn gegelt und eingehüllt in eine Wolke männlich-herben Dufts betrat Rob sein Wohnzimmer.

»Lola-Schätzchen, bist du fertig mit …?« Rob van Gelderns gute Laune schlug augenblicklich um, als er die Schweinerei auf seinem edlen Teppich und Lola, den Kopf in den Nacken gelegt, in seinem weißen Fernsehsessel erblickte.

»Was ist denn hier passiert?« Zornig funkelte er sie an. »Aufstehen! Sofort! Den musst du mir nicht auch noch zusauen!« Er wies auf einen Holzstuhl, lief in die Küche und holte einen Eisbeutel, den er ihr in den Nacken legte. Dann band er sich eine Gummischürze um und sah sich den Schaden bei Lola genau an. »Lass mal sehen.«

»Oh Robby!«, jammerte Lola. »Die Alte hat mir doch glatt einen Haken verpasst.«

»Dieser Ostfriesentrampel ist nicht ohne, das hab ich sofort gemerkt«, kommentierte er, tupfte routiniert das Blut ab und diagnostizierte, dass Lolas hübsches Näschen heil geblieben war. »Aber du, meine Liebe, du bist auch mit allen Wassern gewaschen.« Er wurde ein bisschen versöhnlicher.

»Aber nur mit Weihwasser!«, konterte Lola und versuchte ein schiefes Lächeln.

»Der ist gut, den muss ich mir merken«, sagte Rob. »Moment mal.«

Mit einem Kosmetikspiegel kehrte er zurück und hielt ihn Lola vor. Ihre Augen füllten sich mit Tränen, die sie aber schnell wegblinzelte. So leicht würde sie nicht die Kontrolle über sich verlieren.

»Oh Robby, es tut mir so leid! Ich mach das wieder sauber!«, versprach sie. »Und wenn ich die ganze Nacht auf den Knien liege und schrubben muss!«

»Dabei sehe ich dir gern zu.« Die Blutung hatte jetzt aufgehört, leichte Schwellungen bildeten sich aus. »Was hältst du denn davon, wenn ich heute schon ein paar kleine

Verschönerungen bei dir vornehme? Dein Gesicht ist eh schon geschwollen, ein blaues Fleckchen fällt dann überhaupt nicht mehr auf.«

»Echt jetzt? Kannst du das denn als Arzt verantworten? Ich meine, weil die Haut doch jetzt so empfindlich ist.« Zaghaft tastete sie die schmerzenden Stellen in ihrem Gesicht ab. »Aber du machst das bei mir doch ohne Honorar?«, vergewisserte sie sich.

»Hab ich doch versprochen! Meine wundervolle Lola, du kannst dich darauf verlassen, ich bin der Beste. Und du weißt ja selbst, wie das ist. Das ist ja nicht neu für dich. Es ist nur ein Angebot von mir. Überleg es dir. Du merkst davon nichts, die Stellen werden örtlich betäubt und wenn's wehtut, dann nimmst du hinterher ein Schmerzmittel. Ich kann dir auch Fotos zeigen, wenn dich das beruhigt. Ich mache vorher immer ein Foto und auch hinterher. Willst du sie sehen?«

Bei dem Angebot vergaß Lola alle Schmerzen und in ihre Augen trat der Glanz ewiger Jugend. Sie folgte Rob in seinen Hobbykeller und bewunderte sein Können.

»Sieh mal, Lola, heute können wir sowieso nicht mehr fahren, und der Termin, den ich nicht verpassen durfte, ist verschoben worden. Ich könnte noch zwei Tage dranhängen. Dann wird man bei dir garantiert nichts mehr sehen. Hinterm Steuer meines Jaguars sollst du doch eine gute Figur abgeben. Falls wir geblitzt werden«, scherzte er.

Lola betrachtete jedes Foto an der Wand mit dem Kennerblick einer Frau, für die eine Schönheits-OP nichts Neues zu sein schien. Sie stellte interessierte Fragen und willigte entschlossen ein. Kein bisschen peinlich berührt nahm sie auch die etwas versteckt angebrachten Fotos genauer unter die Lupe. Fasziniert ließ sie die Abbildungen auf sich wirken. Damit war auch der Behandlungsstuhl, den sie bislang nur vom Frauenarzt kannte, zu erklären.

»Oho! Herr Doktor, meine Hochachtung! Solche Eingriffe hätte ich dir gar nicht zugetraut! Wäre das nicht auch etwas für mich?«, fragte sie anzüglich. Rob tätschelte ihren Hintern und versprach die eingehende Betrachtung der entsprechenden Stellen.

»Gut. Dann fangen wir heute Nachmittag erst einmal mit deinem Mund und der Kinnpartie an. Lies dir bitte vorher dieses Formular durch, und wenn du einverstanden bist, unterschreib es hier unten.«

»Steht doch immer dasselbe drin!« Lola überflog die Einverständniserklärung, füllte die offenen Felder aus und setzte ihre Unterschrift darunter. »Robby, du bist ein Schatz! Soll ich als kleines Dankeschön heute Abend etwas Feines für uns kochen?«

»Willst du mich jetzt auch noch von deinen hausfraulichen Qualitäten überzeugen?«, scherzte er. »Da bin ich aber gespannt, was du in der Küche so draufhast.«

»Die Blutflecken nehme ich mir aber als Erstes vor. Du hast doch bestimmt einen entsprechenden Fleckenentferner im Haus? Braucht man ja immer mal.«

»Selbstverständlich.«

Kapitel 16

Nach der missglückten Putzaktion wollte Piet mit seiner Freundin zur Polizei gehen. Sie sollte Anzeige erstatten. Gretje stellte sich jedoch stur, sie hielt das für übertrieben.

»Dann erzähl wenigstens deinem Polizistenfreund davon, was Rob und Lola dir angetan haben. Das war ein Angriff auf dein Leben, ein Mordanschlag! Mensch Gretje, ich darf mir gar nicht vorstellen, was der alles mit dir hätte anstellen können. Und die Rote Lola erst mal.«

»Lola! Pah!«, stieß Gretje verächtlich hervor. »Die hat nur geblufft. Die macht mich nicht kalt.«

»Ach? Jetzt nimmst du sie auch noch in Schutz? Versteh einer die Weiber! Die ist doch eiskalt und berechnend. Das hast du selbst gesagt.«

»Ja. Aber die hat gesagt, dass sie mich als ihre übelste Feindin noch dringend braucht. Also hat das Miststück in ihrer schwarzen Seele doch noch ein winziges helles Fleckchen.«

»Vielleicht kann Jan aber aufgrund deiner Angaben einen Hausdurchsuchungsbefehl erwirken.« Piet gab noch nicht auf. »Immerhin war einer von den Männern, mit denen Britt gesehen worden ist, Rob van Geldern. Und dass der kein Heiliger ist, das haben wir ja schon von Caro gehört.«

»Aber Britt hatte ja nichts mit Rob, sondern mit diesem kranken Ricardo«, hielt Gretje ihm entgegen.

»Wie?« Piet konnte sich keinen Reim darauf machen, worauf sie anspielte. »Was hat der denn? Oder hattest du mir das schon erzählt?«

»Der hat doch so eine ganz dolle Influenza. Der lebt aber wohl schon lange damit und zeigt sich, so krank, wie der ist, auch noch auf Selfies im Internet. Hat Sabine zumindest behauptet.«

»Hm.« Piet fuhr sich nachdenklich durch sein immer noch volles graues Haar. »Ach ja, du hast mir davon erzählt. Also, wenn der wirklich einer von denen ist, dann kann der sich nicht verstecken und einfach abtauchen. Der kann doch gar nicht existieren, ohne täglich etwas in seinen Netzwerken zu posten. Ich kümmere mich mal darum.«

Gretje radelte neben Piet über die Jann-Berghaus-Straße und hörte nicht mehr richtig zu. Sie wollte nichts mehr von alldem hören. Sie brauchte jetzt unbedingt ein Mittagsschläfchen, sie war ja nicht mehr die Jüngste. Danach, wenn sie wieder fit war, wollte sie ihre Jungs zusammentrommeln und gemeinsam überlegen, wie sie Rob überführen könnten.

»Ich hab was zu essen gemacht«, begrüßte Onno seine Mitbewohner, als sie in der Friesenrose eintrafen. »Ihr habt doch bestimmt Hunger.«

Der herzhafte Duft von Zwiebeln und Bratkartoffeln schlug Gretje aus der Küche entgegen. Der alte Seebär haute noch ein paar Eier in die Pfanne und servierte Gretje ein perfektes Spiegelei. Dazu gab es eingelegte Gurken. »Ich hab das Weibsbild vor die Tür gesetzt!«, verkündete er und wartete auf ein dickes Lob von Gretje oder wenigstens von Piet. Doch das blieb aus.

»War ja auch so abgemacht«, entgegnete Piet. »Die treibt jetzt ihre Spielchen mit Rob van Geldern. Gegen Mittag kam sie samt Gepäck bei ihm angerauscht.« Piet brachte Onno in ostfriesischer Redseligkeit auf den neuesten Stand, dabei ließ er auch den lebensgefährlichen Angriff auf Gretje nicht aus. Die hörte jedoch nicht mehr zu, sie war wie eine ausgehungerte Möwe mit ihrem Essen beschäftigt.

Während Gretje schlief und sich von ihrem Schock erholte, surfte Piet im Internet. Er suchte nach Influencern, nach Profilen von männlichen, älteren Influencern.

Leon stand ihm mit hilfreichen Tipps zur Seite und nannte ihm die Namen einiger Top-Influencer. Piet las ehrfürchtig die Anzahl deren Follower. Er war auf seine gut dreihundert auf Instagram schon irre stolz gewesen. Der Account des Inselfotografen imponierte ihm ebenfalls, der konnte schon über zweitausend Follower zu seinen Fans zählen. Im Vergleich zu den Influencern war diese Zahl allerdings immer noch verschwindend gering.

Piet zerbrach sich den Kopf, in welchem Bereich des Onlinemarketing Ricardo aktiv sein könnte. Womit konnte er seine Anhänger begeistern? Für welche Produkte machte er Werbung? Was konnte er überzeugend rüberbringen? Für welche Firmen war ein über Fünfzigjähriger überhaupt noch interessant? Er fand keine Antwort auf die Fragen, schrieb sie aber alle auf. Nachher wollte er sie in Gretjes Krisenstab diskutieren. Aber die Gute schlief noch. Da der Anschlag auf Gretje ihm aber keine Ruhe ließ, rief er Jan Berg an. Der musste das wissen! Der Inselpolizist schimpfte über Gretjes Leichtsinn und wollte nachmittags persönlich in der Friesenrose vorbeischauen.

***

Unaufhörlich klingelte Gretjes Handy, der Anrufer hatte aber Ausdauer. Nummer unbekannt. Die Seniorin gähnte herzhaft, ließ es ein weiteres Mal klingeln und drückte dann auf den grünen Button.

»Wer ist da?«, fragte sie benommen. Mehr als zwei Stunden hatte sie tief und fest geschlafen, da konnte man unmöglich sofort wieder topfit sein.

»Sabine? Welche Sabine?« Doch dann machte es klick bei ihr. Das konnte nur die Sabine aus dem Café sein. Sofort war Gretje hellwach und lud Sabine auf einen Tee in die Friesenrose ein.

Eine halbe Stunde später stand Sabine vor der Tür und flüsterte Gretje zu, dass ihr noch etwas Wichtiges eingefallen war. Sie war verunsichert, als sie sah, dass Gretje nicht allein lebte. Das, was sie zu erzählen hatte, war absolut vertraulich. Das konnte sie nur Gretje allein mitteilen.

»Komm mit«, sagte Gretje und ging mit Sabine in ihr Zimmer. »Ihr könnt schon mal Kaffee und Tee kochen!«, sagte sie zu ihren Männern.

»Was wird das denn jetzt?«, brummelte Onno.

»Frauengespräche!«

Piet zog ein langes Gesicht. Er hatte sich so darauf gefreut, Gretje mit den Ergebnissen seiner Recherche zu überraschen. Onno war auch nicht gerade begeistert, aber er tat, was Gretje ihm aufgetragen hatte. Die Vermisstenanzeige ging ihm nicht aus dem Kopf. Er fragte sich, wie ein Mensch einfach so von der Bildfläche verschwinden konnte. Wenigstens über ihr Handy müsste Britt Meinders erreichbar sein. Als Krimifan, der jeden Sonntagabend vorm Fernseher hockte, wusste Onno bestens Bescheid. Ein Mobilfunkgerät zu orten, war normalerweise ein Kinderspiel.

Das Vier-Augen-Gespräch zwischen Gretje und Sabine dauerte noch nicht einmal zwanzig Minuten. Sabine sah erleichtert aus, auch wenn sie wohl geweint hatte.

»Wer wird denn so ein Gesicht machen«, tröstete Leon mit seinem Mr.-Charming-Lächeln, »wenn man mit vier tollen Männern an einem Tisch sitzt? Unter Polizeischutz.«

»Wer hat dich denn eingeladen?«, fragte Gretje den Kommissar. »Bist du dienstlich hier? Oder willst du mal wieder nur einen gepflegten Tee trinken?«

»Dienstlich! Aber ich bleibe gern zum Tee.«

»Denn schieß mal los! Gibt's was Neues von Britt Meinders? Sind auf den Zeitungsartikel hin schon Meldungen eingegangen? Oder hast du etwa einen Hausdurchsuchungsbeschluss? Ich will dann wohl mitkommen.«

»Nee! Keine Hausdurchsuchung. Hab aber gehört, dass du mal wieder rumschnüffeln wolltest. Gretje, das geht so nicht!«, sagte er streng. »Keine Alleingänge mehr! Du musst das verstehen! Ich bin nicht mehr der kleine Junge, der mal bei dir auf dem Schoß gesessen hat und dem man sagen musste, was er zu tun und zu lassen hat.«

»Petze!«, giftete Gretje ihren Freund Piet an.

»Willst du Anzeige erstatten, Gretje?« Jan Berg sah dem Sahnewölkchen in seinem Ostfriesentee zu. Es breitete sich immer weiter aus, ohne dass Gretje die erhoffte Antwort gab.

»Keine Antwort ist auch eine Antwort«, brummte Onno. »Und, Jan? Sind wenigstens ein paar sachdienliche Hinweise eingegangen?«

Jan Berg nickte. Seine gute Erziehung verbot es ihm, mit vollem Mund zu sprechen.

»Dazu darf ich aber noch nichts sagen. Es haben sich Personen gemeldet, die Britt Meinders gesehen haben wollen. Und ihr Handy konnte auch geortet werden. In Holland. Mehr sag ich nicht dazu.«

»Wahrscheinlich alles Frauen?«, warf Sabine ein. »Die sich bei der Polizei gemeldet haben.«

»Jau!«, bestätigte Jan Berg. »Wie kommen Sie darauf?«

»Ich gehöre auch zum Kreis der Frauen, die sie nicht nur gesehen, sondern auch ein wenig kennengelernt haben. Ich konnte mich aber nicht überwinden, bei der Polizei anzurufen.«

»Das können Sie jetzt nachholen. Wann und wo …?« Jan Berg setzte sogleich diensteifrig zu einer Befragung an.

»Nicht hier. Fragen Sie Gretje, die kann Ihnen alles erzählen.« Hastig trank Sabine ihren Tee aus. »Gretje, du kannst ihm ruhig alles sagen, was ich dir anvertraut habe. Ich will nur nicht persönlich dabei sein. Außerdem muss ich noch packen, ich reise morgen Mittag ab. Aber ich hab noch eine Frage«, wandte sie sich nun dem Inselpolizisten wieder zu. »Kann es sein, dass diese Frauen zufällig auch Ricardo kennen? Und Rob van Geldern?«

Jan Berg bestätigte ihre Vermutung. »Sie kennen ihn auch, nehme ich an?«

»Kann man wohl sagen«, antwortete sie leise. »Mit richtigem Namen heißt Ricardo übrigens Ernst-Richard Neumann. Hab ich zufällig gesehen, als er bei Facebook etwas gepostet hatte. Er war ständig online und hat kommentiert, was die anderen in der Facebookgruppe gepostet hatten. Unter Ernst-Richard kann man ihn da finden. Ich les das aber nicht. Mit dem bin ich fertig.«

»Junge, Junge, Junge!«, entfuhr es Gretje. »Das hast du mir ja noch gar nicht erzählt. Was war denn das für eine Gruppe? Fällt dir das nicht auch noch ein?« Wie ein Flitzebogen gespannt, wartete Gretje auf das Puzzleteilchen, das zum Auffinden des Herrn noch fehlte.

»Ist mir eben gerade spontan wieder eingefallen. Das war irgendeine Norderney-Gruppe. Wie die genau heißt …« Sie massierte ihr Ohrläppchen, bis es glühte, und sagte: »Die Verrückten von Norderney oder so ähnlich. Ich muss jetzt aber auch wirklich los. Danke, Gretje. Ich bin so froh, dass wir uns getroffen haben und ich dir alles erzählen konnte. Ich fühle mich richtig erleichtert.«

»Da nicht für.« Gretje begleitete Sabine noch bis zur Tür.

»Ich hab da so einen Verdacht«, sagte Gretje Blom, als sie mit ihren Männern wieder allein war, behielt ihn aber noch für sich. »SOKO BRITT! Läuft! An die Arbeit, Jungs!«, rief sie. »Wetten, dass wir schneller sind als unser Inselpolizist?«

»Bin doch schon die ganze Zeit aktiv. In Sachen Influencer«, sagte Piet und weihte die anderen in seine neuesten Erkenntnisse ein. »Habt ihr eine Idee, für was der Werbung machen könnte?«

Gretje nahm ebenfalls ihr Tablet zur Hand und bat Piet, die entsprechenden Seiten aufzurufen und ihr die Zusammenhänge zu erklären. Mit einer Engelsgeduld kam er dem nach, bis sie es verstanden hatte.

Leon fiel auf Anhieb etwas mit Anti-Aging ein. »Wir Männer wollen den Frauen schließlich auch noch gefallen, wenn wir älter werden.«

»Kleine blaue Pillen?«, grummelte Onno und löste einen Lachflash bei Gretje aus.

»Glatze!«, rief sie und zeigte auf Onno. Der nahm die Mütze vom kahlen Haupt, er fühlte sich angesprochen. »Was ist damit? Gefällt dir meine Frisur nicht mehr?«

»Mannomann! Ich hab's! Haarwasser!«, rief Gretje und bekam vor Aufregung ganz rosige Wangen.

»Bingo! Das wird es sein!« Leon knuddelte seine alte Herzensfreundin. »Du kennst die Schwachstellen der Männer genau! Potenz und Haarausfall! Kluges Mädchen!«

»Nun übertreib mal nicht so!«, erwiderte Gretje Blom geschmeichelt.

»Wenn das so ist, dann könnt ihr ja jetzt ein bisschen weiter im Internet rumdaddeln«, sagte Onno. »Ich muss noch mal zu Lola ...«

»Ne, nicht?«, knurrte Piet.

»Ich hol mir meinen Finderlohn zurück. Und den Hausschlüssel! Den hat die nämlich klammheimlich mitgehen lassen.«

Kapitel 17

Die Blutflecken auf Robs Teppich verblassten, je öfter Lola sie mit Robs Teufelszeug bearbeitete. »Mach die Sauerei erst mal weg, mach dich frisch, und wenn du damit fertig bist, dann lasse ich dich zu voller Schönheit erblühen«, hatte Rob zu ihr gesagt.

Lola hatte sich sofort an die Arbeit gemacht. Mit einmaligem Auftragen der Tinktur war es jedoch nicht getan, mehrfach musste sie die Teppichfasern behandeln. Lola überlegte sich währenddessen ein Menü für den gemütlichen Abend, und vor allem, wie sie das versprochene Dinner servieren wollte. Rob kannte sich mit Fleckenentfernern aus, stellte sie fest, als sie auch den letzten Blutspritzer beseitigt hatte. Frischmachen war anschließend unerlässlich. Und Lüften auch. Rob hatte sich in seinen Praxisraum im Keller zurückgezogen, dort traf er die Vorbereitungen für Lolas ästhetische Behandlung.

Frisch geduscht, in einem schwarzen Flatterkleidchen, die rote Mähne mit glitzernden Haarspangen gebändigt, ging sie zu ihm für die ersehnte Optimierung.

»Robby, ich vertraue dir.«

»Das kannst du auch, mein kleines Teufelchen. Heute ganz in Schwarz? Ist jemand gestorben?«, fragte er süffisant.

»Aber Robby! Ist nur eine Vorsichtsmaßnahme, falls doch mal ein Tröpfchen Blut vergossen wird.«

»Die Frau von Welt kennt sich aus, man merkt es!«

»Du kannst jetzt anfangen, Rob. Ich bin bereit.«

»Sehr schön. Es piekst gleich ein bisschen, das ist nur die Betäubung. Ich werde deinen Kussmund noch schöner machen, als er ohnehin schon ist«, sagte er und küsste ihre Lippen ein letztes Mal. Zuvor hatte er ihr die Stellen gezeigt, in die er den Lippenauffüller, den er aus dem Ausland bezog, injizieren wollte. »Der Filler ist natürlich wissenschaftlich erprobt. Aber du weißt ja selbst, wie lange das hier in Deutschland dauert, bis etwas Neues zugelassen wird.«

»Robby, du machst das schon!«, murmelte Lola zuversichtlich und schloss die Augen. Angenehme, leise Musik und ein feiner Duft, wie eine Meeresbrise, hüllten sie in Wohlbefinden. Lola spürte keinen Schmerz. Sie träumte von einem Leben an der Seite eines Arztes. »›Lola van Geldern‹, das hatte Stil!

***

Piet und Gretje waren in der Friesenrose geblieben und durchkämmten das Internet. Sie gaben alle möglichen Suchbegriffe ein, kamen aber nicht so richtig voran. Piet versuchte sein Glück auf Instagram. Er gab Ricardo ein, auch Ernst-Richard und weitere mögliche Namenskombinationen. Der Gesuchte war aber nicht dabei.

»Also, wenn das Handy in Holland geortet wurde, dann gehe ich davon aus, dass Britt mit ihrem Millionär einen Segeltörn macht. Das liegt doch nahe«, sagte Piet mehr zu sich selbst.

»Hm.« Gretje nahm kaum Notiz von Piets Selbstgesprächen, sie machte sich mit Facebook vertraut und kicherte zwischendurch. Sie fand schnell heraus, wie man es anstellen musste, wenn man nach einer Person oder einer Gruppe suchte.

»Weißt du was, ich geh mal 'ne Runde an die frische Luft.«

»Jau. Soll ich mitkommen?«, fragte Piet.

»Nee. Ich muss mal allein sein. Weißt ja, wie du mich erreichen kannst.«

Piet brummte etwas Unverständliches und suchte weiter. Die Welt des World Wide Web begeisterte ihn auch im Ruhestand noch. Er war von Anfang an bei der Entwicklung dabei gewesen, er hatte die technischen Fortschritte aktiv mitbegleitet und konnte auch heute noch nicht davon lassen. Es müsste doch mit dem Deubel zugehen, wenn er diesen Ricardo nicht aufspüren würde.

Gretje Blom schlug den Weg zum Badehaus ein, in dem sie schon lange nicht mehr gewesen war. Julie arbeitete dort, mit ihr wollte sie einen kleinen Klönschnack halten. Vorausgesetzt, sie war nicht gerade in einer Behandlung oder ihre Chefin Trude in der Nähe.

Sie hatte Glück. Julie konnte sich freimachen und kam auf einen Sprung zu ihr runter in den Eingangsbereich.

»Was für eine Ehre«, herzte Julie die alte Dame und fragte nach dem Grund ihres unerwarteten Besuchs.

»Sag mal, mien Wicht, du kennst dich doch mit dem Facebook gut aus. Und überhaupt …«

»Wenn du schon so anfängst, dann hast du doch was auf dem Herzen. Wie kann ich dir denn helfen?«

Gretje fragte, ob sie schon mal von einer Gruppe gehört hatte, die ›Verrückt auf Norderney‹ hieß.

»So ähnlich«, antwortete Julie und tippte die korrekte Bezeichnung in Gretjes Handy ein. »Das war alles?«, fragte sie.

»Jau, mien Wicht. Hab doch gewusst, dass ich mich auf dich verlassen kann.«

»Dann viel Spaß beim Surfen. Ich muss wieder nach oben, der nächste Kunde ist dran.«

»Den werde ich haben«, versicherte Gretje. Auf dem Rückweg setzte sie sich in einen Strandkorb und ließ ihren Blick abwechselnd zum Horizont und über Facebook schweifen. Sie scrollte durch alle aktuellen Beiträge der öffentlichen Gruppe. Dann durch die des Vortages und plötzlich juchzte sie freudig auf.

»Das ist er!«

Ein attraktiver Mann um die fünfzig mit dem Namen Ernst-Richard schrieb: »Nur noch fünf Tage! Dann bin ich wieder auf meiner Insel! Ney – ich komme!«

Umgehend schickte sie Piet eine *WartsAb*, die er wenig später beantwortete. Das gepostete Foto war seiner Meinung nach in Holland gemacht worden. Piet tippte auf die Insel Ameland.

»Schlüssel!«, knurrte Onno und hielt Lola seine geöffnete Pranke hin.

»Ischa gut. Man nisch so unfreundlisch«, nuschelte sie in ihr Halstuch und kitzelte dabei Onnos Handfläche mit ihren roten Krallen. »Ganzsch vageschen.«

»Was hast du gesagt?« Wie ein Leuchtturm stand er vor der Rothaarigen, schob ihre Hand beiseite, sein Blick taxierte ihr Gesicht. Das kleine Pflaster auf dem rechten Nasenflügel konnte sie unter dem feinen Tuch nicht mehr verstecken. Er wusste genau, wem Lola das zu verdanken hatte, das mussten noch Spuren von Gretje sein. Trotzdem, oder gerade deshalb, konnte er sich die Frage nicht verkneifen, was mit ihrem hübschen Näschen passiert war.

»Schiet man dosch!«, giftete Lola, so gut es ging, und drapierte kunstvoll ihr Halstuch neu. Der Insulaner starrte sie an. Das Pflaster war ja längst nicht alles. Ihre Lippen! Wulstig wie ein Fischmaul. Onnos stattlicher Bauch unter dem Ringelshirt fing an zu beben, ihm fiel die Kinnlade runter, Tränen liefen über sein Gesicht und schallendes Gelächter quoll aus seinem Mund. Er weidete sich an Lolas Anblick und konnte sich kaum wieder einkriegen. »Hat dein Robby mit deiner Verschönerung heute schon angefangen?«, fragte er nach Luft schnappend.

Lola funkelte der Zorn, der blanke Hass aus den Augen. Ihre Kinnpartie und ihre Unterlippe harmonierten farblich hundertprozentig mit der changierenden blauen Seide. »Gute Arbeit!«, dröhnte Onno. »Hätte ich nicht besser machen können.«

»Dasch wird scho nosch schön«, hörte er aus ihrem Genuschel heraus.

Rob eilte hinzu und fragte, was denn los sei.

»Schlüssel!«, befahl Onno. Er klopfte dem Schönheitsspezialisten kräftig auf die Schulter und lobte ihn für seine exzellente Arbeit.

»Das ist jetzt noch ganz frisch. Das wird noch richtig schön«, erwiderte Rob mit tiefer Stimme und bat Onno so lange hereinzukommen, bis Lola den Schlüssel gefunden hatte. Der stattliche Ostfriese lehnte ab, bot aber an, ihr beim Suchen behilflich zu sein.

Die Rothaarige schüttelte energisch ihre Mähne, ging ins Haus zurück und knallte Onno wenig später seinen Hausschlüssel vor die Füße. »Dasch wirsch du nosch bereuen!«

Onno würgte seine Mütze mit beiden Händen, wischte sich damit über die Glatze und platzierte sie sorgfältig auf dem Hinterkopf.

Mit einem Grinsen, das dem alten Seebären von einem Ohr bis zum anderen reichte, ging er mit seinem Hausschlüssel und hundert Euro in der Hosentasche zurück in sein Häuschen. Das musste er unbedingt Gretje erzählen, wie verunstaltet Lola ausgesehen hatte. Eigentlich hätte ich ein Foto von ihr machen müssen, dachte er.

***

Lola kochte vor Wut. Wie konnte Onno so gemein sein? Sie hatte ihm doch nichts getan. Im Gegenteil, sie hatte ihm eine wundervolle Nacht beschert. Wenigstens hatte Rob ihr beigestanden.

»Was gibt's denn heute Abend Leckeres?«, fragte Rob. »Ich hab schon Appetit.«

Lola verzog schmerzhaft das Gesicht, allmählich ließ die Betäubung nach. An Essen war für sie überhaupt nicht zu denken.

»Was meinst du, wann können wir denn essen?«

»Pff«, brachte sie nur hervor und deutete auf ihren Mund.

»Ach ja. Tut mir leid, das hatte ich ganz vergessen. Dann brauchst du nur für mich etwas machen. Du kannst dir ja einen Smoothie mixen. Trinkhalme findest du in der unteren Schublade.«

Lola gab noch einen ähnlichen Laut von sich. Vorsichtig betastete sie ihre Lippen. Die Haut spannte, ihre Lippen glänzten mehr blau als rot, die ganze Mundpartie war bis zu den Ohren angeschwollen und verfärbte sich immer mehr.

»Scheische!«

»Soll ich dir ein Schmerzmittel geben?«

Lola nickte. Rob verabreichte es ihr intravenös und erinnerte sie daran, dass er Hunger hatte.

»Immerhin hab ich richtig was geleistet. Das war nicht ohne. Vor allem die Oberlippe«, sagte er. »Pass man auf, das sieht morgen schon ganz anders aus. Und dann tut es auch nicht mehr weh.«

Lola rollte die Augen und zeigte ihm den Mittelfinger, als er sich umdrehte. Er ging in sein Büro, wollte noch ein paar Sachen erledigen. »Immer diese säumigen Zahler. Seit drei Monaten renne ich nun schon hinter dem Geld her. Einfach abgetaucht!«, schimpfte Rob.

Mürrisch verzog Lola sich in die Küche. Den Abend hatte sie sich anders vorgestellt. Aber sie hätte es wissen müssen, dass man nach einer solchen Behandlung nicht in der Lage war, feste Nahrung zu sich zu nehmen. Sie hatte das schlichtweg ausgeblendet, die letzte Verschönerung lag ja auch schon längere Zeit zurück.

Das Innenleben von Robs Kühlschrank sah sehr übersichtlich aus. Tomaten, eine angeschnittene, verschrumpelte Gurke und Feta fand sie darin. Und eine Flasche Schampus, bei deren Anblick sie überlegte, ob sie den Trinkhalm statt in einen Smoothie lieber in diese Flasche stecken sollte. Das würde ihr auch ein weiteres Schmerzmittel ersparen. Sie öffnete das Eisfach und zählte fünf Packungen Italienische Kräuter.

Lola ließ den Korken vom Schampus ploppen und nahm mithilfe des Trinkhalms einen langen Zug. Es erforderte eine gewisse Technik, aber als sie die raushatte, fühlte sie sich gleich besser. Sie griff die Flasche am Hals und ging mit ihr in

Robbys Keller. In seiner Tiefkühltruhe würde sie sicher etwas Leckeres finden, das sie ihm zubereiten konnte.

Die Truhe stand in dem kleinen Raum, der an seine Praxis angrenzte. Sie nahm noch einen Schluck und sah nach, was er an Vorräten eingefroren hatte. Jede Menge Gemüse, Grillwürstchen mit abgelaufenem Haltbarkeitsdatum und eine ganze Lage Beutel mit Eiswürfeln. Lola suchte nach einer Pizza. Jeder anständige Haushalt hatte Pizza in der Truhe. Für alle Fälle. Sie wühlte sich durch die Massen von Eiswürfeln, türmte sie auf das Gemüse und stieß auf etwas Neues. Sie betastete die Folie. Das Gefriergut war ziemlich groß. Hat der ein halbes Schwein in der Truhe?, dachte sie und lud die Eisbeutel aus.

Sie wollte schreien, als sie eine menschliche Gestalt erkannte, die in Robs Tiefkühltruhe frischgehalten wurde. Über ihre Lippen drang aber nur ein tierisches Grunzen. Sie beugte sich tiefer über die Truhe. Es bestand kein Zweifel daran, dass Rob eine echte Leiche im Keller hatte. Lola nahm einen weiteren tiefen Zug aus der Flasche und musste sich setzen. Jetzt bloß nicht die Nerven verlieren!

»Ist das Essen denn gleich fertig?«, hörte sie ihn von oben rufen. Es dauerte nicht lange, dann hörte sie seine Schritte unaufhaltsam näher kommen. Mit einem Satz war er bei ihr, starrte erst sie an und dann die halb ausgeräumte Truhe. »Lola! Um Himmels willen, was machst du denn da?«, stieß er hervor. Rob schien genauso geschockt zu sein wie sie selbst.

Mit einem eisigen Blick sah sie den Schönheitschirurgen an, zeigte in die Truhe und fragte: »Wasch isch dasch?«

»Wonach sieht's denn aus?«, fragte Rob kaltschnäuzig zurück. Doch das schüchterte die Rote Lola nicht ein. Auch sie war schon mehrfach mit dem Tod konfrontiert worden. Dem Tod ihrer Männer. Sie ging nach nebenan, holte Stift und Papier und schrieb auf, was sie nicht sagen konnte.

Du hast ein Problem!!! Rob erwiderte nichts. Was sollte er auch dazu sagen? Sie hatte ja recht.

Ich kann schweigen! Und ich kann dir helfen, dein Problem zu beseitigen, schrieb sie als Nächstes.

Hast du sie umgebracht?

Rob schüttelte energisch den Kopf, nahm Lola den Schampus ab und leerte die Flasche in einem Zug. Er beteuerte, die Frau nicht in die Truhe gelegt und ihren Tod nicht gewollt zu haben. Lola gab sich mit dieser fadenscheinigen Erklärung nicht zufrieden. Sie wollte die ganze Geschichte hören. Als er geendet hatte, schlug sie ihm einen Deal vor.

»Irgendwie bin ich auch froh, dass ich jetzt nicht mehr damit alleine bin. Aber wehe, du verrätst unser düsteres Geheimnis! Dann gnade dir Gott. Dann nähe ich dir den Mund zu!«, drohte er.

Lola atmete schwer, blieb aber unbeeindruckt und schwor ihm, niemandem davon ein Sterbenswörtchen zu sagen.

»Lass uns morgen fahren«, schlug Rob vor. Lola nickte. In dieser Nacht verbarrikadierte sie sich in seinem Gästezimmer.

Kapitel 18

Zum wiederholten Mal erklärte der Inselpolizist seiner jungen Kollegin Swantje Robben, dass sie sich angewöhnen sollte, ihr schmutziges Geschirr nicht auf seinem Schreibtisch stehen zu lassen, als eine Nachricht von Gretje, mit drei Ausrufungszeichen dahinter, ihn unterbrach.

Wenn sie das machte, dann war es wirklich wichtig, das hatte er inzwischen kapiert. Sie hatte tatsächlich Ricardo im Netz gefunden, auf Facebook. Jan Berg öffnete den angefügten Link und betrachtete das Foto. Es zeigte eine Segelyacht vor der untergehenden roten Sonne. Nur noch zwei Tage! Norderney – ich komme!, hatte er dazugeschrieben.

Ich komme auch, dachte Jan Berg, als er den Namen der abgebildeten Yacht entzifferte. Auf einem weiteren Foto poste er mit einer Frau im Arm, die der vermissten Britt Meinders ähnlich sah. So genau konnte man sie aber nicht erkennen, da die Frau den Schirm ihres Käppis tief in die Stirn gezogen hatte. Jan Berg griff zum Telefon, er brauchte die Unterstützung der holländischen Kollegen.

»Was meinst du, Swantje, ist das ein und dieselbe Frau?« Er vergrößerte beide Fotos und zeigte sie ihr nebeneinander abgebildet. Swantje war nicht seiner Meinung, wollte sich aber nicht festlegen. »Na super. Das ist ja mal 'ne klare Aussage!«, maulte er, stellte seine benutzte Tasse auf ihren Schreibtisch und sagte: »Tschüss.«

***

Der Kofferraum von Robs Jaguar ließ sich kaum schließen, so vollgeladen war er. Caro, die dumme Gans, die ihn auf der Hinfahrt begleitet hatte und die letztendlich schuld daran war, dass er Lola kennengelernt hatte, war mit einer kleinen Reisetasche ausgekommen. Aber die Rothaarige …

Lola verfrachtete ihr Beauty-Case auf die Rückbank. Sie stellte den Fahrersitz passend ein und lächelte glückselig mit den Augen, als sie hinterm Steuer saß. Anders war es nicht möglich, ihre Lippen konnte sie noch nicht zu einem Lächeln bewegen. Den Blick in den Kosmetikspiegel ersparte sie sich. Ihr Mund und ihr Kinn sahen bei Tageslicht noch erbärmlicher aus als in der vergangenen Nacht. An die Schmerzen hatte sie sich gewöhnt und mit Rob wollte sie ohnehin nicht mehr sprechen als unbedingt notwendig. Es war ja sowieso nicht möglich. Onno hatte recht mit seiner fiesen Bemerkung. Ihr Mund sah aus wie ein Fischmaul. Schlauchbootlippen! Aber Lola gab die Hoffnung auf ein sexy Endergebnis noch nicht auf.

Beim Frühstück hatte sie Rob an den nächtlichen Deal erinnert. Er sollte sich bis zur Abreise entscheiden und er hatte die richtige Entscheidung getroffen! Beim Köpfen seines Frühstückseies hatte er ihr einen Antrag gemacht. Auch mit einer Kreuzfahrt als Hochzeitsreise und dem Verzicht auf einen Ehevertrag war er einverstanden. Lola nahm seinen Antrag an, mit viel Fantasie konnte man den Laut, den sie von sich gab, als ein Ja auslegen.

Sie streichelte über das Holz der Armaturen, bereit zur Abfahrt, merkte aber im letzten Moment noch, dass sie ihre Sonnenbrille im Haus liegen gelassen hatte.

»Bist auch schon etwas vergesslich«, bemerkte Rob wenig freundlich, als sie wenig später mit der Sonnenbrille auf der Nase zurückkam. Zufrieden lächelnd, den Mund unter einem bunten Tuch verborgen, tätschelte sie Robbys Schenkel und setzte schwungvoll zurück. Sie ahnte, wie sein Blutdruck dabei in die Höhe schoss. Wenn sie etwas konnte, dann war es Autofahren. Das hatte sie in ihrer Zeit als Taxifahrerin in Hamburg gelernt.

Keine Angst, schien ihr Blick zu sagen, als sie wendete und Gas gab. Anschließend fuhr sie jedoch ganz vorschriftsmäßig bis zum Fähranleger. Sie lenkte den Jaguar so sicher auf die Rampe, als hätte sie nie etwas anderes gemacht. Rob van

Geldern hatte keine andere Wahl, wenn er mit seinem Auto nach Düsseldorf zurück wollte. Und er hatte auch keine andere Wahl, als auf ihren Deal einzugehen, wenn er nicht seine Zulassung als Arzt verlieren oder, was noch tragischer wäre, im Gefängnis landen wollte.

Es war bestimmt kein Zufall, dass auch Gretje und Piet am Anleger standen. Sie wollten Sabine noch einmal alles Gute wünschen und winken, wenn die Fähre ablegte. Jan Berg wollte sich mit eigenen Augen davon überzeugen, dass Rob van Geldern nicht selbst hinterm Steuer saß, und hatte sich erkundigt, zu wann er einen Autoplatz reserviert hatte.

Lola winkte wie Queen Mum, als sie erkannte, wer alles zuschaute.

»He Gretje, was machst du denn hier? Immer noch am Ermitteln?«, fragte Jan Berg.

»Dass der so einfach abreisen darf und du guckst auch noch zu. Unglaublich!«, entrüstete sie sich. »Hast du denn wenigstens Britt Meinders und Ricardo ausfindig gemacht?«

»Wir sind dran. Und … danke für deine Nachricht gestern. Das hat uns enorm weitergebracht. Gute Arbeit.«

»Da nich für!«, war ihr Kommentar.

»War ein super Tipp von euch. Wir behalten Ricardo im Auge und auch Rob und seinen Jaguar. Mögt ihr was trinken?« Jan Berg lud Piet und Gretje ein. Sie gingen ins Café Hygge, als die Frisia ihre Schranken schloss und in ihr Fahrwasser schipperte.

***

Wieder auf dem Festland, in Norddeich-Mole, wollte Rob sogleich mit Lola den Platz tauschen und selber fahren. Er hatte die Polizeiautos in der Nähe anscheinend nicht gesehen. Lola machte ihn darauf aufmerksam und er überließ ihr weiterhin das Steuer.

Wie jemand, dessen Sprössling zum ersten Mal mit Papas Auto fahren durfte, saß Rob neben ihr und bremste heimlich mit. Es fiel ihm schwer, aber er verkniff sich weitere Kommentare über ihren Fahrstil, nachdem sie beim ersten dummen Spruch angehalten hatte und ihn aussetzen wollte.

Lola ignorierte ihren Beifahrer. Sie suchte im Radio ihren Lieblingssender, stellte die Lautstärke passend ein und war voll in ihrem Element. Nach den ersten fünfzig Kilometern hielt Rob das Schweigen nicht mehr länger aus. Er fing an aus seiner Kindheit zu erzählen. Lola hörte zu, sie konnte sowieso nichts dazu sagen.

Rob erzählte, dass es schon immer sein Traum gewesen war, Arzt zu werden. Die Chirurgie hatte es ihm von klein auf angetan, ganz besonders, nachdem er den ersten Frosch operiert hatte. In allen Einzelheiten beschrieb er das ekelhafte Szenario, er nannte es einen Meilenstein im Hinblick auf seine Berufswahl. Nach weiteren dreißig Kilometern war er von seiner Beichte erschöpft. Er brauchte einen Kaffee und vor allem eine Toilette. Lola hatte nichts dagegen anzuhalten. Sie musste sowieso tanken und steuerte die nächste Raststätte an.

Der Jaguar stand kaum, da stürmte Rob auch schon ins Freie zu den sanitären Einrichtungen. Lola tankte, zahlte mit seiner Kreditkarte und ging zum Auto zurück. An öffentliche Auftritte war momentan nicht zu denken, auch nicht an Heißgetränke. Sie drapierte ihr Tuch neu und entdeckte Robs Geldbörse, in der eine größere Summe Bargeld, seine Papiere und alle möglichen Karten steckten. Sie warf einen Blick in den Rückspiegel und sah ihn gemächlich näher kommen. Lola überlegte nicht lange. Lola gab Gas!

Was kann mir schon passieren?, dachte sie. Rob wird garantiert nicht die Polizei rufen. Zumindest nicht gleich. Wie dumm von ihm, alles im Auto liegen zu lassen. Robby, Robby, du wirst langsam vergesslich!

Kilometer um Kilometer rauschte sie über die Autobahn. Sie hatte alles richtig gemacht, diesen Verbrecher wollte sie nicht heiraten. Auch wenn sie auf der Hochzeitsreise gern seine Witwe geworden wäre, aber …

Jetzt musste sie nur noch einmal telefonieren.

***

»Hä? Wer ist denn da?«, brüllte Onno ins Telefon. »Wer? Lola?«

Er konnte nicht verstehen, was sie wollte, und überhaupt wollte er mit dem Weibsbild auch nichts mehr zu tun haben. Irgendetwas in ihrer Stimme ließ ihn jedoch zögern und er fragte so lange nach, bis er glaubte, verstanden zu haben, was sie wollte.

»Also«, fing Onno an, »ich versuche das mal zusammenzufassen, was du mir sagen willst. Wenn ich etwas richtig verstanden habe, dann klopfst du dreimal mit dem Fingernagel aufs Handy.« Lola hatte verstanden und klopfte dreimal zur Bestätigung. Onno fragte: »Du hast vergessen, den Herd auszuschalten?« Drei Fingerzeichen. »Und ich soll da jetzt hin und den ausstellen?« Wieder bestätigte sie das. »Und Rob hat einen Schlüssel unterm Blumenkasten deponiert?« Wieder tippte sie dreimal, dann wurde die Verbindung unterbrochen.

»Weiber!«, grummelte Onno. »Ich bin einfach zu gut für diese Welt.« Gretje schnappte das auf und wollte natürlich sofort wissen, wieso er das von sich behauptete.

»Das Weibsbild hat sich gemeldet«, er tippte auf sein Tattoo. »Die wird langsam alt und vergesslich. Hat vergessen, bei Rob den Herd auszuschalten. Und ich soll hingehen und gucken, ob die Hütte brennt.«

In Gretjes Augen trat ein eigentümlicher Glanz. »Onno! Da gehst du nicht allein hin! Vielleicht ist das eine Falle. Ich komme mit.«

»Nicht ohne mich!«, schloss Piet sich an und zu dritt machten sie sich auf den Weg zu Robs Haus.

Rauchschwaden waren nicht zu sehen, als sie sich näherten. Die Jalousien waren heruntergelassen und tatsächlich fand Piet einen Hausschlüssel, der unter einem Blumenkasten mit Paketband befestigt war.

»Dann können wir uns in aller Ruhe umsehen«, sagte Piet und schloss auf. Drinnen blieb alles dunkel, nirgends funktionierte das Licht.

»Sicherung durchgeknallt«, stellte Onno fest und machte sich auf die Suche nach dem Sicherungskasten. Wie es in Neubauten meist üblich ist, fand er ihn im Flur. Er legte den Hauptschalter um, schon wurde es hell. Sie sahen in der Küche nach, ob der Herd den Kurzschluss ausgelöst hatte. Aber der war ausgeschaltet, nirgends roch es angekokelt.

»Junge, Junge, Junge!«, sagte Gretje. »Ich geh mal gucken, ob die tiefgekühlten Sachen schon angetaut sind.« Sie stieg die Stufen hinab, zeigte ihren Jungs die Fotowand und ging in den angrenzenden Raum.

»So. Dann wollen wir doch mal sehen, was ein Millionär so alles in seiner Truhe hat!« Sie öffnete den Deckel und war enttäuscht beim Anblick seiner Gemüsevorräte. Vielleicht waren die Spezialitäten weiter unten.

»Was der wohl mit den ganzen Eiswürfeln will. Vielleicht braucht der die zum Kühlen nach einer OP«, sinnierte sie. Großflächig stapelten sich die Beutel mit Eis. Gretje hoffte, noch etwas Besonderes zu finden, und nahm die nächste Lage hoch. Sie hatte etwas entdeckt, das sie aber nicht als kulinarische Spezialität bezeichnete.

»Piet! Hilfe!«, schrie sie. Piet und Onno waren sofort bei ihr. Sie erschraken, als sie Gretjes entsetztem Blick begegneten. Sie zeigte in die Truhe, auf ein unförmiges, mehrfach in Klarsichtfolie gewickeltes Teil. Die beiden Männer warfen die Beutel mit den Eiswürfeln in eine Wanne und bekreuzigten sich, als sie das ganze Paket freigelegt hatten.

»Der hat ja wirklich 'ne Leiche im Keller«, murmelte Onno. »Und ich hab gedacht, die spinnen alle, die Weiber.«

»Nichts anfassen!« Gretje Blom hatte sich recht schnell von ihrem ersten Schock erholt und wusste, was zu tun war. »Jan muss herkommen! Er soll Verstärkung mitbringen, den Eisblock kann er ja schließlich nicht allein rausholen.«

Piet hatte längst die Polizei verständigt und es dauerte keine zehn Minuten, bis der Inselpolizist am Tatort eintraf.

»Ist da Blut?«, fragte er Gretje als Erstes. Trotz seiner Berufserfahrung hatte er das immer noch nicht im Griff. Wenn er Blut sah, verabschiedete sich sein Kreislauf und er kippte um. Selbst beim Rasieren war das schon vorgekommen.

»Nee. Eingefrorene Person. Soweit ich das beurteilen kann, teilweise bekleidet. Befürchte, es handelt sich bei der Person um Britt Meinders.«

»Gut beobachtet! Ich hab schon Verstärkung angefordert, die Leiche müssen wir in die Rechtsmedizin schaffen.« Jan Berg näherte sich der Truhe und warf einen Blick hinein. »Sag mal, Gretje, was glaubst du, wie lange das dauert, bis die aufgetaut ist?«

»Mien Jung, das kann ich dir auch nicht sagen.«

»Ich dachte ja nur.«

Jan Berg schlug vor, im Wohnzimmer auf seine Kollegen zu warten. »Wieso seid ihr eigentlich hier im Haus? Wie seid ihr hier reingekommen? Gretje Blom, du hast die beiden doch nicht zum Einbruch angestiftet?«, fragte er.

Onno erzählte Jan von Lolas Anruf und ihrer Bitte nachzusehen, ob alles in Ordnung sei.

»Wenn du mich fragst, dann hat sie das mit der Herdplatte als Vorwand genommen, um uns auf Robs düsteres Geheimnis zu stoßen«, sagte Piet. »Dann muss die das ja gewusst haben«, kombinierte er.

»Jau!«, sagte Gretje. »Dann hat die den verraten. Wenn das man gut geht.« Sie sah Jan an. »Und nun? Seid ihr Rob und Ricardo wenigstens auf der Spur, oder muss ich mich da auch noch selbst drum kümmern? Das ist doch wohl klar, dass die beiden unter einer Decke stecken.«

»Wieso ist das klar? Gretje, du sprichst in Rätseln.« Onno kam mit ihrer Logik nicht klar, aber auch der Inselpolizist sah nicht so aus, als wüsste er, worauf Gretje anspielte.

»Also, Jungs«, fing sie an. Aber dann kam die Sondertruppe, zu der auch Feuerwehrleute gehörten, um die Frau aus dem Eis zu bergen.

Mit vereinten Kräften schafften sie es schließlich, die Leiche aus der Tiefkühlung zu holen. Die Männer hatten bei ihren Einsätzen schon viel gesehen, aber jetzt lief es ihnen auch eiskalt den Rücken herunter, als sie erkannten, dass die Frau am Rumpf eingeknickt war. Zusammengeklappt auf Koffergröße, über ihrem Kopf ein schwarzer Müllbeutel, der Oberkörper halb nackt, der Rest war bekleidet.

»Das kann einer allein doch gar nicht so sauber und ordentlich hinkriegen«, sinnierte die Hobbydetektivin.

»Die muss noch frisch gewesen sein, sonst hätte man die nicht mehr so zusammenfalten können«, gab Onno sein Krimiwissen dazu.

In Robs Hobbykeller wimmelte es plötzlich von Menschen. Gretje versuchte auseinanderzuhalten, wer welcher Aufgabe nachging. Die Spurensicherung, das waren wohl die Herren in den weißen Schutzanzügen, nahm jedes noch so kleine Fitzelchen in Augenschein. Die Fotos und auch die Kundenkartei wurden konfisziert. Sie hörte, wie einer der Leute eine Bemerkung darüber fallen ließ, mit welcher Akribie der Schönheitschirurg sie angelegt hatte. Nirgends fehlte die vorgeschriebene Einverständniserklärung. Nicht einmal bei Britt Meinders. Aufmerksam verfolgte Gretje alles so lange, bis Jan Berg auf das Seniorentrio aufmerksam wurde, das wie verloren im Raum stand. Er war zu beschäftigt gewesen und hatte die drei darüber ganz vergessen.

»Ihr geht jetzt besser«, ordnete er an und begleitete Gretje, Piet und Onno zum Ausgang. »Zuschauer haben am Tatort nichts zu suchen.« Der Kommissar sah Gretje an. »Du hast mir doch gesagt, dass du so eine Vermutung hast. Raus damit. Schieß los!«

Gretje merkte Jan Berg an, wie sehr er unter Strom stand, und fasste sich kurz. »Die Sabine, die hatte mir gesagt, dass der Ricardo nach einer heißen Nacht etwas von ihr verlangt hätte, was den ganzen Zauber zerstört hat. Sie wollte es ja erst nicht sagen, es war ihr so peinlich.«

»Gretje, ich muss wieder runter. Also …!«

»Ricardo hat gesagt, dass ihn ihre Falten stören. Sie sollte da was machen, sonst könnte es mit ihnen nichts werden. Er ist nämlich Ästhet! Im gleichen Atemzug hat er ihr vorgeschwärmt, welch ein begnadeter Schönheitschirurg sein Kumpel Rob ist. Ricardo würde auch einen Freundschaftspreis für sie aushandeln. Sie sollte nicht lange überlegen.« Gretje sah einen Lieferwagen draußen vorfahren, der nach dem TK-Lieferdienst ›Bofrost‹ aussah, allerdings waren die Seitenflächen mit einer neutralen Folie abgedeckt.

»Mensch Jan, das ist doch 'ne klare Sache! Der Witwentröster hat die Frauen angebaggert und ihnen das Blaue vom Himmel versprochen. Der hat das so gut drauf, dass die Frauen das geglaubt haben, und ich möchte nicht wissen, wie viele von denen sich am nächsten Tag bei Rob unters Messer gelegt haben. Die Kohle haben die sich dann geteilt. Ricardo war nie an den Frauen wirklich interessiert. Der hat die nur benutzt. Sabine war zum Glück stark und selbstbewusst genug, um zu erkennen, was für ein Arschloch der schöne Ricardo ist. Ich kann nur hoffen, dass ihr die beiden Kerle packt. Oder muss ich mich da selbst drum kümmern?« Sie zwinkerte bei ihrer Frage, sie wusste, dass Jan an dem Punkt nicht mit sich spaßen ließ.

»Gretje! – Hm. Da könnte was dran sein. Es haben sich inzwischen noch ein paar andere Frauen gemeldet, denen es ähnlich ergangen ist. Und …« Jan Berg sah die drei Ostfriesen streng an. »Kein Wort nach außen!«

»Jau«, sagten sie wie aus einem Munde.

Es war schon dämmrig geworden, eine leichte Brise wehte vom Meer herüber. Sie füllten ihre Lungen mit der frischen Luft und schlugen den Weg zur Strandpromenade ein. Gretje wollte noch eine Runde schaukeln gehen, ihre Freunde lechzten allerdings nach einem kühlen Blonden. An der Weststrandbar wollten sie sich wieder treffen.

Kapitel 19

Gretje Blom dachte nicht im Traum daran, abzureisen. Nicht, bevor sie den Fall Britt Meinders endgültig abgehakt hatte. Sie fieberte dem Moment entgegen, für den Ricardo Newman, so lautete der vollständige Künstlername des Influencers, seine Rückkehr nach Norderney angekündigt hatte. Aktuell lobte er in aller Öffentlichkeit seine Fans, die ihn mit ihren Motorbooten begleiteten. »Ihr seid die Besten«, hatte er geschrieben. Die vier aus der Friesenrose waren sich einig: So blöd kann man doch gar nicht sein!

»Der ist ja dümmer, als die Polizei erlaubt«, grummelte Onno. »Liest der denn keine Zeitung?«

»Oder …?«, Piet kam ein anderer Gedanke, der völlig abgefahren war. »Oder ob der den Tod von Britt Meinders für sich als Werbung nutzt?« Der pfiffige Ostfriese verfolgte Ricardos Zahlen, die in den letzten vierundzwanzig Stunden rasant angestiegen waren.

»Oder aber der ist wirklich unschuldig und hat mit ihrem Tod nichts zu tun«, stellte Leon eine Möglichkeit in den Raum, die bislang niemand in Erwägung gezogen hatte.

»Wenn der unschuldig sein sollte, dann …«, Onno holte tief Luft. »Dann verschwindet das hier!« Er spannte seinen Bizeps an und piekte auf das Tattoo der Roten Lola.

»Dann würd ich mir ja glatt wünschen, dass der 'ne weiße Weste hat«, erwiderte Gretje.

***

Als es so weit war, machte sich die Friesenrosen-WG gemeinsam auf den Weg zum Yachthafen. Die Ankunft des Witwentrösters wollten sie live miterleben. Es war *das* Gesprächsthema auf der Insel, seit es sich herumgesprochen hatte, dass Britt Meinders bei Rob van Geldern in der Tiefkühltruhe aufgefunden worden war. In den umliegenden

Lokalen herrschte Hochbetrieb. Es war schon schwierig, die Fahrräder in der Nähe abzustellen.

Gretje ließ ihren Blick schweifen und entdeckte ihren Freund und Helfer, Jan Berg, in einem abgesperrten Bereich. Er hatte für den Ankömmling einen richtig großen Empfang vorbereitet, inklusive Polizeischutz. Allerdings ohne Sekt.

Gretje ließ sich von dem Absperrband nicht aufhalten, sie schlüpfte drunterher und kämpfte sich zu dem Kommissar durch.

»Ihr seid die Besten!«, begrüßte sie ihn freudestrahlend.

»Na so was! So ein dickes Lob aus deinem Mund, Gretje?«

»Hat Ernst-Richard gepostet«, stellte Gretje Blom klar. Augenzwinkernd fragte sie, ob es sich bei den angeblichen Fans um die Wasserschutzpolizei handelte. Der Inselpolizist bestätigte ihre Vermutung.

»Der ist aber auch man nicht das hellste Licht auf der Torte«, lästerte sie.

»Hast du eigentlich nicht gesehen, dass hier abgesperrt ist? Wie konntest du dich da durchmogeln?«

»Och …! Onno, Piet und Leon sind auch da. Kannst du uns nicht hier vorne bei dir einen Platz in der ersten Reihe organisieren?«

»Wir sind doch nicht beim Fernsehen!« Jan Berg ging nicht näher darauf ein, er suchte den Horizont mit seinem Fernglas ab. »Und nun Abmarsch!«

»Gehe ja schon! Was ist denn nun mit Rob? Habt ihr den auch schon? Oder läuft der immer noch frei herum?«

»Läuft! Also ich meine, der läuft nicht mehr …«, versicherte der Kommissar. »Und wenn du dich nicht auf der Stelle verkrümelst, dann lass ich dich vom Sicherheitsdienst abführen.«

»Bin ja schon weg.«

Die Sicherheitskräfte waren bei dem Andrang an Neugierigen echt gefordert. Frauen im besten Alter stürmten nach vorn, sie wollten durch die Absperrung, hin zu Ricardo. Ricardo

Newman stand lässig an die Reling gelehnt, winkte und posierte für ein Selfie. Für das nächste Selfie lächelte er überaus charmant die weibliche Amtsperson mit den Handschellen neben sich an, bevor sie ihm diese anlegte. Ein paar Frauen fingen an zu kreischen bei seinem Anblick. Allerdings nicht vor Begeisterung, sie schrien ihm wüste Beschimpfungen zu. Eine schaffte es tatsächlich, bis zu ihm vorzudringen.

»Schätzchen! Wie lieb von dir, dass du gekommen bist«, begrüßte er sie.

»Du Macho-Arsch!«, schmiss sie ihm an den Kopf und spuckte ihn an.

Sie war aber noch lange nicht fertig mit ihm. »Du und dein feiner Freund, der Schönheitschirurg, ihr seid die größten Schweine! Ihr verarscht uns Frauen doch alle! Das ist eine so widerwärtige Masche von euch! Ihr schreckt ja vor nichts zurück! Tödliche Machenschaften sind das!«, rief sie aufgebracht. Es kümmerte die Frau kein bisschen, dass sie plötzlich im Mittelpunkt stand und Journalisten ihre Kameras und Mikrofone auf sie richteten. »Ich bin auch eine von denen, die auf dich reingefallen sind. Du kennst meinen Namen ja nicht einmal mehr!« Voller Verachtung sah sie ihn an und erzählte, was sie erlebt hatte. Es deckte sich mit dem, was auch Sabine und weitere geschädigte Frauen ausgesagt hatten. Sie alle schämten sich, es fiel ihnen schwer, darüber sprechen. »Erst durch den Aufruf im Nomo, in dem Frauen gesucht wurden, die du, so wie auch die arme Britt Meinders, zu deinem miesen Kumpel Rob van Geldern zur ›Optimierung‹ geschickt hast, hab ich gecheckt, was für ein Schaf ich doch gewesen bin.«

»Britt Meinders? Was ist denn mit der?« Noch immer lächelnd wischte er mit einem blütenweißen Taschentuch ihre Spuren von seiner Wange. Doch zuvor hielt er auch das im Bild fest.

»Das wissen Sie doch ganz genau!«, sagte die Polizistin, die ihm die Handschellen angelegt hatte. »Oder segeln Sie immer mit fremden Handys in der Mikrowelle durch die Meere?«

Ricardo schluckte hart. Sein Gewinnerlächeln verschwand für einen Moment aus seinem Gesicht. Er begriff wohl erst jetzt, dass er in echten Schwierigkeiten steckte, und schlug sich vor die Stirn. »Verdammt! Das hab ich doch glatt vergessen!«, sagte er mehr zu sich selbst. »Mit dem Tod der Frau habe ich nichts zu tun! Sie ist bei Rob gewesen, das stimmt. Sie war so unglücklich und wollte nicht mehr immer so müde aussehen. Sie wollte schön sein, sie wollte das Leben genießen. Und nun ist sie ein Opfer der Schönheit geworden.« Ricardo blinzelte, als wolle er eine Träne verdrücken. »Rob van Geldern, den müsst ihr verhaften!«, schob er die Schuld auf seinen Freund.

»Sprechen Sie sich doch besser mit ihm ab, er wird gerade eingeflogen«, schlug die Polizistin vor.

»Bravo!« applaudierte Gretje, zusammen mit den anderen Schaulustigen, Fans und weiteren Opfern.

Wenige Augenblicke später wurde Ernst-Richard Neumann vorläufig festgenommen und abgeführt. Ricardos öffentlicher Auftritt war damit zunächst beendet. Die Fahrt zur Polizeiwache hatte er aber offensichtlich noch genutzt, um die soeben gemachten Selfies mit dem abgedroschenen Spruch ›Wer schön sein will, muss leiden‹ zu posten.

Die Anzahl von Ricardos Followern schnellte innerhalb von Minuten in ungeahnte Höhen. Piet war sprachlos, als er auf den Account schaute und die Zahlen las.

***

Gretje Blom stockte der Atem, als sie drei Tage später die Zeitung aufschlug. Eine fette Schlagzeile zu dem Fall Britt Meinders knallte ihr entgegen.

INSELSÜNDE! *Horror-Chirurg vergräbt Urlauberin im ewigen Eis!*

Auf Norderney wollte sich die Insel-Urlauberin einen Millionär angeln! Drei Monate später fand man Britt M. in der Tiefkühltruhe des bekannten Schönheitschirurgen Rob van Geldern. Nach Aussage des Mediziners handelt es sich bei ihrem Tod um einen tragischen Unglücksfall. Er räumt ein, ihr ein Narkosemittel verabreicht zu haben, das auf dem deutschen Markt noch nicht zugelassen ist. Außerdem verfügt der Chirurg über keine Zulassung als Anästhesist.

Laut seiner Aussage hat er sofort alles medizinisch Mögliche getan, um die Frau wiederzubeleben. Er bedauere ihren Tod zutiefst und räumt seinen Fehler ein. Abschließend soll er gesagt haben: »Britt ist sanft und in Liebe entschlafen!«

Der Schönheitschirurg belastet auch seinen Freund Ricardo Newman, der ihm angeboten habe, ihn bei der Beseitigung der Leiche zu unterstützen. Geplant gewesen sei eine spätere intime Seebestattung nach Transport der Leiche auf der Yacht von Ricardo Newman. Newman, auch als »Witwentröster« bekannt, ist der angebliche Millionär, den Britt Meinders am Anreisetag auf der Insel kennengelernt hatte. Für Britt war es Liebe auf den ersten Blick, doch für ihn nur ein Spiel mit den Gefühlen einer einsamen Frau. Wie zahlreiche andere Frauen auch war sie fasziniert von seiner charismatischen Ausstrahlung. Nach einer heißen Nacht war sie bereit, alles für ihn zu tun. Ricardo wünschte sich, dass sie sich die Schlupflider korrigieren ließ, und vereinbarte umgehend einen Termin bei Rob van Geldern. Für Rob waren diese Frauen nichts anderes als Versuchskaninchen, behauptet Ricardo. Das Honorar für die Verschönerungen teilten sie freundschaftlich untereinander auf. Die Urteilsverkündung wird mit Spannung erwartet.

»Junge, Junge, Junge!«, sagte Gretje, legte die Zeitung weg und stellte ihre Fittamine, den Sanddornlikör, auf den Tisch. »Nun bin ich aber gespannt, Onno, ob das Tattoo weiterhin auf deinem Arm bleibt oder ob die Rote Lola für immer verschwindet.«

ENDE